미안해 엄마 사랑해요

미안해 엄마 사랑해요

초판 1쇄 인쇄 | 2007년 1월 10일
초판 1쇄 발행 | 2007년 1월 15일

편 집 | 소피 위베르-오제르 外
옮긴이 | 박정연
펴낸이 | 양동현

펴낸곳 | 도서출판 나들목
출판등록 | 제6-483호
주소 | 서울 성북구 동소문동4가 124-2
대표전화 | 02) 927-2345 팩시밀리 | 02) 927-3199
이메일 | nadeulmok@nadeulmok.co.kr

ISBN | 978-89-90517-48-7 03860

www.nadeulmok.co.kr

미안해 엄마 사랑해요

소피 위베르-오제르 著 | 박정연 옮김

나들목

감사의 글

　2천여 편의 응모작 가운데서 특히 마음을 울리는 글을 선정해 주신 심사위원 여러분과, 이 책《엄마와 딸2》의 제작에 참여해 주신 모든 분들께 감사드립니다. 우리들의 노력이 세상의 모든 엄마와 딸들에게 따뜻한 빛이 되기를 희망합니다.

　심사위원단

　에블린 부익스(Evelyne Bouix)_여배우, 클레르 카스티용(Claire Castillon)_작가, 올리비에 들라크루와(Olivier Delacroix)_잡지《피가로》기자, 안느 고시니(Anne Goscinny)_작가, 올리비아 드 랑베르뜨리(Olivia de Lamberterie)_잡지《엘르》단행본팀장, 세실 페랭(Cecile Perrin)_일러스트레이터, 마리안느 로메스땡(Marianne Romestain)_꽁뚜와르 데 꼬또니에르의 부사장, 아나이끄 루스탱(Anaick Roustaing)_Vivre comme avant(이전처럼 살기 유방암 환자들을 위한 협회) 회장, 마리즈(Maryse)_작가, 조르주 울린스키(Georges Wolinski)_만화가, 퐁 베쏘(Pom Bessot)_편집자이 모음집의 일러스트는 저마다 독립적인 것으로서 단편 소설과는 무관하다. 소설이 문학성을 기준으로 선정된 것처럼 그림 역시 퀄리티에 따라 선별되었다. 일러스트가 실린 순서는 전체적인 편집 및 페이지 연출에 의한 것이다.

2005년 초 나들목에서 출간된《엄마와 딸, 세상에서 가장 아름다운 동행》에 이어, 다시금 모녀(母女) 이야기를 접하게 되었다. 이번에는 특히 모녀에 관한 다양한 일러스트들이 가미되어 눈까지 흐뭇하다.

무궁무진한 모녀 이야기 가운데, 이번에 선발된 단편들은 마치 장편 영화를 보여주는 듯 참신한 문학성을 뽐내는가 하면, 어린 시절 혹은 현재, 미래의 나, 어머니, 우리 여자들 모습의 부분 부분을 살며시 엿보게 해 준다.

첫 단편 〈사라진 여인〉은 전화기를 통해 어머니의 사망 소식을 접하는 두 딸의 모습을 소재로 한다. 제목이 말해 주듯, 늘 곁에 있을 것만 같은 어머니란 존재가 사라지는 그 순간과, 그럼에도 불구하고 계속 이어지는 삶의 대조를 담고 있다. 〈소녀의 성〉은 혼자 인형 놀이를 하며 장보러 나간 엄마를 기다리는 어린 소녀의 마음을 생생하게 보여준다. 병실이라는 한 공간에서 외할머니―엄마―딸, 즉 각기 다른 세대의 고민과 마음을 묘사한 단편도 인

상적이다(〈3세대〉).〈원초적 본능〉은 친구에 대한 극에 달한 질투심과 엄마에
대한 불만족이 결국 사랑의 감정으로 누그러지는 과정을 리얼하게 묘사하고
있다.

　원숭이를 매개로 늦둥이 딸이 연로한 엄마를 얘기하는 〈보르네오의 마리〉,
이야기 마지막 단락에서 드러나는 차분한 반전이 묘한 여운을 주는 〈엄마를
만나러 가는 길〉, 2차 세계 대전 이후 생이별한 딸을 그리며 쓴 엄마의 편지
가 담긴 〈아델의 기억〉, 그 밖에 〈킬트 차림의 엄마〉, 〈아무 말도 하지 않는다
면〉 등은 짧은 글이면서도 영화 한 편 이상의 감동을 선사한다.

　이 가운데 굳이 가장 인상적인 작품을 든다면, 사귀던 남자와 이별하면서
도 뱃속의 생명을 간직한 용감한 모성애를 태아의 입으로 말해 주는 〈어느
해 10월 10일〉과, 남자 친구와 헤어진 절망감에 빠져 엄마의 위로를 몰라라
하고 있다가 결국 애정 어린 엄마의 요리를 먹으며 극복해 내는 딸의 모습을
통해 모녀의 사랑을 보여주는 〈엄마의 믹서〉, 이 두 작품을 꼽고 싶다.

　가지가지의 이야기들이 주는 따스한 감동의 저변에는 바로 엄마의 사랑이
있는 것 같다.

　끝으로 14편의 단편을 함께 읽으며 번역에 도움을 주었던 친구 Mathias
Le Ru와, 때로 아웅다웅 다투면서도 늘 따뜻하게 내 뒤에 서 계시는 나의 어
머니에게 감사의 마음을 전하고 싶다.

옮긴이 박정연

차례

사
라
진
여
인

chapter 01

일러스트 **쥘리 르네르** 작가 **소피 위베르-오제르**

사라진 여인

집 안 통로 벽에는 두 대의 회색 전화기가 걸려 있었다. 한 대는 계단이 시작되는 곳에, 다른 한 대는 맨 위쪽 마지막 계단참 벽에. 전화가 걸려오면 마치 성당 안에서 그러하듯이 금속성의 벨이 온 집안에 울려 퍼지곤 했다.

그날 저녁 우리는 식사 중이었다. 나는 일찌감치 파자마로 갈아입은 채 약간 지루해하면서 저녁을 먹고 있었다. 그 저녁 시간에 대해 정확한 기억은 남아 있지 않다. 그저 다른 날과 크게 다르지 않았다는 것밖에는.

엄마는 부엌과 식탁 사이를 분주히 오갔다. 한 번, 두 번, 세 번……. 바쁘게 움직이더니 나를 불렀다. "이리 와서 엄마랑 이것 좀 같이 들자."

'이것'이 무엇이었는지는 기억나지 않는다. 엄마가 시키는 대로 '이것'을 들고 가 개수대에 내려놓자 엄마는 오븐에서 바로 꺼낸 접시를 두 손으로 조심스레 건네주었다. 그때 전화벨이 울렸다. 엄마가 소리쳤다.

"누가 전화 좀 받지?"

아무도 대답을 하지 않자 엄마가 직접 전화를 받으러 갔다.

접시는 무거웠고, 손이 데일 것처럼 뜨겁게 느껴졌다. 나는 열려 있는 오븐의 문 위에 급히 접시를 내려놓고는 그 앞에 쪼그리고 앉아서 계속 끓고 있는 베샤멜소스 위에 생겨나는 커다란 기포들을 바라보았다.

바로 그때 엄마의 절망적인 외침이 들려왔다.

"그럴 리가 없어!"

식탁에 있던 식구 모두가 일어섰다. 그 순간 의자 하나가 바닥에 넘어지던 소리가 기억난다. 모두 복도로 나갔다. 나는 주방 문턱에, 다른 사람들은 식당 문턱에 있었다.

엄마는 둥글게 쥐어 짠 행주를 손에 움켜쥐고 계단에 앉아 머리를 벽에 기대고 있었다. 동글동글 나선형으로 말려 있는 전화기 줄이 팽팽하게 당겨져 허공에서 흔들거리고 있었다.

다른 것은 기억나지 않는다.

오랫동안 나는, 그날 모락모락 김을 내며 주방에 남겨져 있던 그라탱이 어떤 것이었는지 기억해 보려고 했다. 그 안에 들어 있던 것이 꽃양배추였을까, 아니면 마카로니나 햄을 넣은 꽃상추였을까.

전화는 내 어머니의 어머니, 그러니까 내가 별로 잘 알지도 못하는 외할머니가 돌아가셨다는 소식이었다. 그때 내 나이 열 살. 제일 먼저 든 생각은 이러했다. '그럼 나는 나중에 엄마의 죽음을 어떻게 알게 될까?'

기억이 난다. 엄마는 두 발을 꼭 붙이고, 계단참 아래 두 번째 계단에 고정된 나사처럼 앉아 있었다. 엄마의 실내화 펠트 아래로 잔뜩 힘이 들어간 발가락이 보였다. 나는 곧 울음을 터뜨렸다. 아무도 내 울음을 그치게 하지 못했다. 아빠가 엄마를 부축해서 거실로 데려가는 동안 언니가 나를 달래 주었지만 나는 계속 울었다. 밤이 되어도 울음은 그치지 않았다. 엄마가 몇 번 내게로 왔다. 엄마는 이미 눈물을 거두고 매우 부드러운 목소리로 내게 말했다.

"언니 깨우면 안 돼. 내일 시험이 있다고 했으니까."

며칠 동안 나는 계속 울었다. 그것은 금방 사라질 듯하면서도 매우 강렬한, 종잡을 수 없는 슬픔이었다. 그러다가도 누군가 다정한 말 한두 마디만 해 주면 잠시 울음을 그치곤 했다. 할머니 사진을 보고 싶다고 하자 엄마는 아무 말 없이 사진을 가져다 주었다.

할머니는 구릿빛 피부에 손이 매우 컸다. 가족 가운데 어느 누구도 할머니를 닮은 사람이 없었다. 어린 나에게는 너무나 낯선 존재였는데, 차라리 그게 나은 것인지도 몰랐다. 할머니에 대해서 특별한 감정을 가지지 않을 테니까. 나는 우리 엄마가 훨씬 아름답고, 젊고, 옷도 더 잘 입는다는 생각을 했다. 엄마 같은 여자는 결코 죽지 않을 것이라고 믿었다.

죽음에 대한 걱정은 곧 사라졌다.

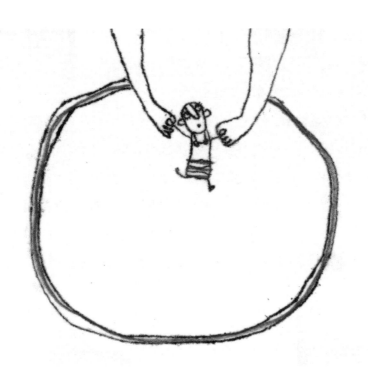

나는 무럭무럭 자라났다. 새로 산 텔레비전을 보았고, 정원에서 놀았다. 여자친구들 집에 놀러가 자고 오기도 했고, 때로는 엄마에게 거짓말을 하고 남자친구 집에 가서 자기도 했다. 엄마는 관대해져 있었다. 당신의 삶, 이혼, 소문에 대해 두렵고 당황해하면서도, 이혼 소송이 진행되는 가운데 젊음을 되찾아가고 있었다.

언니가 결혼한 뒤, 우리는 곧바로 파리의 방 두 칸짜리 아파트 안에 보금자리를 틀었다. 엄마와 나는 이제 막 삶에 뛰어들 태세를 하고 있는 여학생 같았다. 엘자 언니는 새댁이 되었고, 나는 성인이 되었고, 이제 엄마는 더 이상 어느 누구의 어머니가 아니었다. 나는 엄마의 해방과 동시에 나의 성인식을 자축했다. 사람들은 엄마를 가리켜 매우 아름다운 여자라고 했고, 나에게는 늘씬한 여자애라고 했다. 그 차이는 견디기 힘든 것이었다.

내게는 네 명의 이모—그러니까 엄마에게는 네 명의 자매—가 있었다. 이모들은 모두 엄마보다 먼저 세상을 떠났는데 그들의 죽음은 내게 아무런 영향을 미치지 못했다. 리허설도, 훈련도 되지 못했다. 이모들은 엄마가 아니었고, 세상의 어떤 죽음도 다른 죽음과 그 가치가 같을 수는 없으니 말이다.

마지막으로 살아 있던 이모의 장례식 날, 기억들이 다시 표면 위로 떠올랐다. 외할머니가 돌아온 것이다, 내가 제대로 알지 못했던 할머니가. 다시금 그날의 통화 장면이 떠올랐다. 대형 진자 벽시계의 메트로놈이 움직이듯 벽을 배경으로 흔들거리던 회색 전화. 엄마는 엘자 언니와 나, 우리 자매의 두 팔에 기대고 있는 힘으로 여든다섯의 삶에 매달려 있었다. 엄마는 이모의 영구차 뒤를 따라 힘겹게 나아갔다. 다섯 자매 가운데 마지막으로 살아 있다는 것은 분명 견디기 어려울 것이다. 다음은 바로 엄마 차례일 테니까. 나는 그러한 생각을 떨쳐버리기가 힘들었다. 영원한 멋쟁이, 연로한 엄마의 염색한 금발 머리 위로 엘자 언니—결혼하고, 이혼하지 않았으며, 예쁘장한 네 아이를 둔 완벽한 여자—의 시선과 마주쳤다. 언니는 단지 추워 보일 뿐이었다. 어떻게 아무런 기억도 떠오르지 않을 수가 있을까? 어떻게 두려운 생각이 전혀 들지 않는단 말인가?

그날 저녁 언니는 어디 있었던가? 아마 그 잘난 시험공부를 한다고 제일 먼저 식탁을 떠났던 것 같다. 다시 언니 모습을 본 기억이 없다. 아버지는 나에게 "네 어머니께 물 한 잔 갖다 드리렴" 하고 말했다. 마치 우리에게 엄마라는 친밀한 존재는 없기라도 한 듯이, 아버지는 언제나 '네 어머니'라고 표현하곤 했다. 나는 물을 갖다 드렸고, 엄마는 입술을 축인 뒤 내게 도로 잔을 내 주었다. 엄마의 입술은 하얗게 질리고 눈은 빨갛게 충혈되어 있었지만 목이 마른 게 아닌 것만은 분명했다.

세월이 한참 지나서야 엄마와 아빠가 결국 이혼하게 된 것이 바로 그 때문일 거라는 생각이 들었다. 내가 목이 마른지 아닌지조차 알지 못하는 사람과 어떻게 살아가며, 어떻게 사랑을 할 수 있겠는가? 엄마는, 내

가 부모의 이혼을 제법 이해할 나이가 되었다고 판단하면서도, 그 같은 세세한 부분에 대해서는 말해 주지 않았다. 내가 열다섯 살이 되어서야 엄마는 아빠와 헤어진 이유가 단지 아빠의 외도였다며, 정말 견뎌낼 수가 없었다고 했다.

나는 엄마의 말을 믿지 않았지만 내색은 하지 않았다. 엄마 말을 정리해 보면, 나쁜 남자와 착한 여자가 있었다는 것이었고, 그것으로 모든 게 간단히 정리되는 것이었다. 그 당시 엄마의 사랑을 받기 위해서라면 나는 어떤 거짓말이든 곧이곧대로 믿었을 것이다. 공부든 사랑이든 늘 성공하며 항상 나보다 더 빛나는 언니를 잠시만이라도 멀리 떼어놓게 해줄 거짓말이라면. 게다가 언니는 약혼한 상태였다. 그때까지 내가 깨닫지 못했던 것은, 엘자 언니가 실제 어떤 특혜를 누린 건 아니었다는 사실이었다. 단지 언니는 사람을 귀찮게 하지 않았으며, 이런저런 질문을 하지 않았다. 이혼 문제로 정신이 없던 엄마에게 딱 안성맞춤이었던 것이다.

엄마는 재혼했다. "두 번째 인생, 두 번째 기회야." 하고 엄마는 잔뜩 희망에 부풀었다. 엄마가 재혼하던 그 주, 나의 임신 소식을 접한 엄마의 반응은 11월의 어느 날에 대한 반응이나 다를 게 없었다. 벌써 셋째아이를 임신 중이던 언니는 굳이 임신 사실을 드러내어 말하지 않았다.

엄마는 시나브로 할머니가 되어 가면서, 내게 낯설기만 했던 외할머니의 모델을 따라가고 있었다. 나도 곧 엄마가 되겠지만, 그런 사실은 아무런 변화를 가져다주지 못했고, 그 무엇도 나를 진정시키지 못했다. 나는 여전히 엄마가 그리웠다. 마치 엄마가 자신의 슬픔에서 영원히 벗어나지 못한 것처럼. 내가 엄마의 그 눈물을 떨쳐내지 못한 것처럼. 서툰 아빠를 대신하여 엄마를 위로하지 못한 나를 용서하지 못한 것처럼.

엄마는 재혼하여 15년을 살았다. 그리고 종종 이렇게 말하며 웃곤 했다. "어쨌든 멋진 기록이지!"

결혼하고, 이혼하고, 과부가 되고, 할머니가, 또 얼마 전에 증조할머니가 된 엄마의 인생은 풍부했다. 나는 엄마의 유쾌한 성품, 상황을 부정적으로 보지 않으며 늘 제일 좋은 것에 대해 말하는 엄마의 방식 때문에 엄마를 늘 사랑했다. 하지만 엄마를 가깝게 느끼기에는 그것으로 부족했다. 마치 엄마가 그 저주 받은 층계에서 결코 내려오지 못하기라도 한 듯이. 내가 엄마를 위로하기 위해 그 계단을 오르지 못했던 것처럼.

엄마는 특히 패키지여행을 좋아했다. 여행을 떠나 있을 때면 우리에게 엽서를 보내곤 했다. 엄마는 포기를 모르는 모험가였다. 여행에서 돌아올 때면 늘 잊지 않고 우리 한 명 한 명을 위한 작은 선물을 가지고 왔다. 이제 나는 엘자 언니와 똑같은 대열에 올라 있었다. 순리대로 나는 엄마라는 계급장을 달았다. 엄마의 막내 손자, 특히 3대를 통틀어 처음 태어난 사내아이 덕분이다.

그 뒤로 나는 변화를 느낄 수 있었다. 엄마는 조용히 흐르는 시간 속에서 늙어 갔다. 마지막으로 엄마를 봤을 때가 엄마 나이 여든여섯. 엄마를 알아보기 힘들어 불쾌한 느낌마저 들었다. 엄마 역시 다른 할머니들처럼 검버섯이 핀 손에, 얇은 입술, 흐릿한 눈을 가진 노인네였다.

엄마의 사망 소식은 희한하게 전해졌다. 나 역시 전화로 그 소식을 알게 되었다. 통화 버튼을 누른 것은 휴대 전화를 가지고 놀고 있던 내 아들이었다. 아이는 이제 막 걷기 시작했고, 더듬더듬 서너 마디 말을 했다. 아이는 웃으며 뒤뚱뒤뚱 걸어와 휴대 전화를 건네주었다. 수화기 저 너머에서 누군가가 말했다.

"부인이십니까? 어머님께서 아침에 급히 병원에 실려 오셨습니다만, 방금 전 12시 02분에 눈을 감으셨습니다. 와 보시겠습니까?"

나는 아이를 어린이집에 맡긴 뒤에 가겠다고 대답하고 전화를 끊었다. 그리고는 죽이 끓어오르다 못해 거의 타기 직전에 놓인 냄비의 불을 끄러 갔다. 꼬마 사자가 나를 쫓아와 마실 것을 달라고 요구했다.

길고 슬픈 하루였다. 저녁에 잠이 들면서도 계속 궁금했다. 그날 저녁에는 누가 전화를 한 걸까? 엄마한테 뭐라고 말을 했을까?

그리고 곧 여러 날이 흘러갔다. 아픔도, 고통도 없이. 이제는 쓸모없어진 그런저런 의문들에 대한 답도 구하지 못한 채. 그리고 나의 어머니와 외할머니는 똑같은 여자가 되어 있었다.

이 세상에서 사라진 여인.

엄마를 만나러 가는 길

chapter 02

일러스트 **소피 마루비** 작가 **엘리즈 카르드**

엄마를 만나러 가는 길

엄마와 약속이 있다. 늦으면 안 된다. 엄마를 기다리게 하고 싶지 않다. 엄마는 이미 너무나 많이 기다렸다. 내가 생기기를, 내가 말하기를, 내가 걷기를, 내가 떠나기를, 그리고 돌아오기를, 더는 울지 않기를, 누군가 사랑하기를······.

엄마는 너무나 기다렸다, 나 또한 엄마가 되기를.

엄마와 약속이 있다. 더는 엄마를 기다리게 만들고 싶지 않다.

꽃집에도 들러야 한다.

엄마를 보러 가겠다고 한 지 며칠 되었다. 어린 시절에 그랬듯이 나는 약속한 날까지 며칠이 남았는지 세어 본다. 거꾸로도 카운트 다운해 본다. 엄마에게 할 말이, 들려줄 얘기가 너무나 많다, 너무나······. 딸아이들의 개학, 딸아이들이 새로 만난 여선생님들, 딸아이들의 두려움과 즐거움, 독서법, 구구단, 수업이 없는 수요일에는 무엇을 했는지……

엄마는 내가 이 모든 것들을 잘 해 나갈 수 있도록 도와줄 것이다.

엄마는 안다. 모든 것을 안다. 그게 바로 나의 엄마다.

엄마에게도 힘든 수요일이 있었다는 것을 기억한다. 동네 이 끝에서 저 끝까지 누비고 다니곤 하셨다. 엄마와, 엄마의 하얀색 르노 자동차 4L, 그 자동차에 나는 발가락이 네 개인 강아지 피프(1945년 조제 카브레로 아르날이 만든 만화 주인공─옮긴이)의 노란 손을 붙일 수 있었다…… 수업은 계속 이어졌다…… 수영장을 왕복 주파하던 수영 수업에서 아르페지오 수업으로…… 수영장의 염소 성분 때문에 빨간 토끼 눈을 하고 솔페지오 음악 수업을 듣는 동안 땋은 머리를 타고 똑똑 떨어지던 물방울, 끝이 없던 춤 공연 리허설, 그리고 '내 평생 친구' 네 집에 갔다가 꿀 넣은 비스킷을 만드는 온갖 방법을 시도해 보며 길어진 간식 시간……

엄마는 모든 것을 겪었고 이겨냈다. 그러니 꼭 나를 도와주실 것이다……

엄마에게 꽃을 사다 드리고 싶다. 이제는 좀 복잡해졌지만……. 우리가 늘 들르던 꽃집 주인은 이제 일을 하지 않는다. 어두컴컴한, 그 매력적인 어둠이 드리워진 꽃가게에서 우리는 슬픈 미소를 머금은 여주인이 예쁘게 꽃다발을 만들어 주기를 기다리곤 했다.

스위트피로 만든 작은 공들, 장미로 만든 불꽃놀이, 크리스털처럼 반짝거리는 작은 술 장식이 뒤섞여 있는, 지구 저편에서 온 붉은 작약꽃들……. 꽃집 주인은 꽃을 더욱 예쁘게 보이기 위해 온갖 포장법을 시도해 보았으며, 나의 삶에 관한 모든 것을 알고 있었다. 탄생, 죽음, 생일, 밸런타인데이……. 꽃다발은 매번 완벽했고, 나는 그 모든 꽃다발을 기억하고 있다. 어떤 것은 방 한구석에 오래 간직해 두기도 했다. 그 유일무이한 순간의 흔적. 시간의 경과를 보여주는 것은 꽃다발의 빛바랜 색깔뿐이다. 그 커다란 붉은 장미 다발이 가져다주었던 순간의 강렬한 느낌까지도 기억한다. 그토록 풍성했던 붉은빛 꾸러미. 장미 다발을 품에 안고 있으면 바카레 크리스털 같은 그 검붉은 장미들을 둘러싸고 있는 바나나 잎의 잎맥이 느껴졌었다…….

나는 양동이 앞에 있다. 양동이마다 색깔별로 꽃이 가득하다. 정체불명의 물에 젖어 있는 그 많은 식물들은 조명 덕분에 더욱 광채와 빛을 발하고 있다…….

한 가지는 분명하다. 엄마는 노란색을 좋아하지 않는다…… 나도 그렇다…… 장미와 접시꽃은 좋아도, 카네이션이나 글라디올러스는 좋아하지 않는다. 그런 꽃은 불행을 가져다주는 것 같다.

언제나 그랬듯이 이번에도 나는 망설인다. 금어초가 눈에 띈다. 별안간 나는 열두 살이 된다. 우리 집이다. 나는 금어초가 정말 근사한 꽃이라는 생각을 했다. 1미터 45센티미터 키 높이에서 내려다보며, 금어초가

아름다움의 정수라는 생각을 했다. 식당을 장식하고 있는 금어초 앞에서 즐거움을 들이마시곤 했다……. 그 나무랄 데 없이 완벽한 색깔과, 꽃병 안의 배열 방식은 경이로움 그 자체였다. 이런 황홀감을 마무리해 주는 한 줄기 빛도 있었다. 그 나이에 상상할 수 있었던 만큼의 아름다움, 절대적인 매력이 바로 그것이다, 라고 느꼈던 그 순간을 기억한다. 그윽한 평온함과 함께. 아름다움은 마음을 편안하게 해 준다는 것을 알았다. 그리고 결코 잊어버리지 않았다…….

엄마는 내가 왜 이 꽃을 골랐는지 이해해 줄까? 다소 촌스러워 보이는 이 꽃들, 엄마는 그 순간을 기억하실까? 내가 엄마에게 한 번도 말한 적이 없었던가?

꽃값을 계산한다. 예, 선물할 거예요. 아뇨, 감사합니다만, 꽃다발은 만들지 말아 주세요. 제가 할 거예요.

어울리지 않는 자존심이랄까. 마치 다 할 줄 안다는 식으로, 생선 가게 여주인한테 이렇게 날카롭게 말할 때처럼. "내장을 비우거나 비늘을 벗길 필요는 없어요. 제가 할 거예요."

천천히 정성을 들여 꽃다발을 만들 것이다. 내가 어렸을 때처럼. 엄마는 특히 꽃에 어울리는 꽃병을 찾아내는 것을 좋아했다. 내가 처음 보았던 황금색 미나리아재비꽃, 일본풍의 엉겅퀴, 그리고 동그랗게 만들고 싶은데 생각처럼 되지 않던 내가 만든 꽃다발을 가지고……. 내가 꽃다발을 만들 때면 엄마는 늘 무언가 다른 방법을 제안했고, 그럴 때마다 멋진 작품이 탄생하곤 했다……

접시꽃과 잔가지 몇 개를 들고 거리를 걷는다. 향기에 반해 프리지아도 샀다. 화창한 날씨다. 초가을치고는 공기가 아직 온화하다. 몇몇 행인들의 미소와 마주친다. 꽃을 들고 가는 사람을 보면 사람들은 늘 미소 짓는다. 앞으로 다가올 행복에 대한 약속이라도 되는 듯이, 마치 인생에 대한 사랑 고백이라도 되는 것처럼……

당당하게 걸어간다. 우리 동네는 훤히 안다. 온몸으로, 온 마음으로 다 안다. 모든 거리가 내 것이고, 내 삶의 일부다. 온갖 추억과 감정이 스며 있는 미로 같은 골목길을 거니는 것이 좋다. 감베타 광장에서 느꼈던 공포감, 클레망쏘 정원에서 누렸던 즐거움을 되새기는 게 좋다. 일부러 길을 돌아간다. 아르쉬브 호텔의 등나무에 꽃이 피었나 보기 위해서. 내 사랑을 언뜻 보았던 뤼아 가(街)로 고개를 돌려 본다. 대학생 시절 살았던 아파트 앞을 지나면 저절로 미소가 떠오르고, 딸아이들과 몰라(Mollat) 서점에 갈 때면 마음이 저절로 흥겨워진다.

모든 것이 좋다. 신발까지도 나를 편안하게 해 준다. 계절이 바뀌면서 생긴 고약한 물집도 이젠 느껴지지 않는다…… 이 신발은 매우 예쁘고 여성적이다. 평평한 굽과는 이제 안녕이다. 가끔씩은 한창 유행하는 통굽 신발을 신고 1미터 70센티미터 되는 사람과 맞먹기도 한다.

나는 조금씩 소녀의 티를 벗고 조금씩 여자가 되었다. 점점 엄마를 닮아 간다…… 구두 굽, 치마……. 엄마보다 가슴이 더 커진 지도 오래되었다. 내 다리가 엄마 다리 같지 않으리라는 것을, 결코 엄마처럼 무릎 아래서 졸라매는 7부 바지는 입을 일이 없으리라는 것을 깨달은 지도 오래되었다…….

각자 나름의 장점이 있는 법. 나에겐 가슴, 엄마에게는 늘씬한 다리가 있다. 그리고 근사한 피부. 언제나 햇볕에 익어 있는 듯한 구릿빛 피부. 오랫동안 나는, 엄마가 알제리의 부카리에서 어린 시절을 보냈기 때문에 햇볕에 그을린 듯한 피부색을 가진 것이라고 생각했다. 야자나무 아래 태어났다는, 지워지지 않는 출생의 흔적인 것처럼. 내가 그런 말을 하면 엄마는 미소 짓곤 한다…… 한 번도 시도해 보지 못했던 분야인 화장. 마스카라를 하지 않고서는 외출을 못하게 되면 진짜 여자가 되는 것이려니 했다…… 당장은 복부 비만 방지 크림과 화장품 몇 개면 족하다…….

어쨌든 엄마는 나의 변화에 대해 만족할 것이다. 엄마에게 이야기를 들려줄 것이다.

우리 동네, 나의 삶 속을 걸어간다. 모든 것은 처음부터 연결되어 있었다. 엄마와의 약속처럼. 엄마의 주소는 마을 중심부. 5년 째 같은 주소다. 이제는 근처에 전차가 지나다닌다. 아주 곤히 잠든 사람도 당장 깨워 버릴 듯한 전차 소리가 선명하게 들려온다. 딩―딩…….

라 샤르트뢰즈(La Chartreuse : 보르도에 있는 실제 묘지 공원 ― 옮긴이)

가 보인다. 이제 조금만 더 가면 된다. 심장 박동이 더 빠르고 강렬해진다. 오후 4시 30분이다. 너무 늦으면 안 된다. 30분 후면 닫힐 테니까. 포장한 꽃의 줄기에서 물이 흘러나와 내 외투로 흐르는 듯하다. 내 손은 젖어 있다. 크리스털처럼 반짝거리는 셀로판 포장지를 꼭 쥐고서 꽃 속에 코를 묻고 프리지아의 고집스런 향기를 한껏 맡는다. 향기가 좋다. 너무나 좋다.

콧속으로 올라오는 꽃의 향기가 매콤한 것일까? 갑자기 눈물이 흐른다, 아이처럼 커다란 눈물방울이. 이어 현관 입구를 지나는 순간 가슴이 북받쳐 올라 흐느끼기 시작한다.

휴대전화 벨 소리를 '진동 모드'로 바꿔 놓는다. 방해받고 싶지 않다. 방해받아서는 안 된다. 어느 누구한테도.

엄마와 약속이 있다. 엄마가 나를 기다린다. 통로 EL, 지하 묘소 8번, 내 손은 엄마 묘지의 차가운 화강암을 만진다.

아
델
의
기
억

chapter 03

일러스트 **파울린느 코미** 작가 **나딘느 크로그넥-갈랑**

아델의 기억

2000년 8월 11일,
카르엑스에서

올가, 친애하는 올가,

30여 년 전 당신이 죽지 않았다는 사실을 알고 쓰려 했던 편지를 이제
서야 씁니다. 당시에는 쓸 수가 없었어요. 어쩌면 당신의 삶을 뒤엎어 버
릴지도 모른다는 두려움 때문에.

시간이 절박하게 여겨지는 지금, 이제는 올가 양에게 우리 이야기를
들려줘야만 할 것 같습니다. 내일, 아니면 한 달 뒤, 혹 일 년 뒤면 너무
늦어질지 모릅니다. 당신의 이름, 내 기억들, 어쩌면 나의 이름마저 잊어
버리고, 병이 모든 것을 지워 버릴지 모르니까요.

당신은 나를 알지 못할 겁니다. 1943년, 브르타뉴 지방 아래 산맥의 어느 마을에서 당신을 낳았습니다. 나는 당신의 엄마입니다. 이름은 아델 르뫼르, 일흔여덟 살입니다. 나는, 당신 아버지가 말한 것처럼 죽지는 않았습니다.

내가 지금 하는 얘기는 결코 헛소리가 아닙니다. 부탁하건대 꼭 끝까지 읽어 주길 바랍니다.

당신의 아버지 마르쿠스는 독일군 점령 시절에 알게 됐습니다. 마르쿠스는 다른 두 명의 독일 군인과 함께 내 어머니 집에 묵었고, 장교들의 말을 보살폈지요.

처음 봤을 때, 그는 농장 뜰 한가운데 서서 짚단으로 까만 암말을 문질러 주고 있었답니다. 말을 문질러 주면서 내내 유행가를 부르고 있었지요. 그것도 불어로 말이에요! 그의 목소리에 놀라고 매료되어 나는 귀를 기울였어요. 그는 내게 미소를 지어 보였습니다. 적군인데 어떤 응답의 표시를 해도 되는 걸까, 나는 당황했지요. 그는 당혹스러워하는 나를 보더니 어찌할 바를 몰라 시선을 아래로 낮추더군요. 거만하고 위압적인 동료들과는 사뭇 대조적인 그의 태도가 무척 인상적이었답니다.

어머니가 와서 내 팔을 붙들고 집으로 끌고 갔어요.

"부끄러운 줄 알아라! 설마하니 저런 버슈(Boche : 원래 프랑스 군대가 독일인을 가리켜 쓰던 비속어—옮긴이)한테 반한 건 아니겠지. 네 아버지가 저 놈들의 손에 죽었다는 사실을 명심해라!"

하지만 어머니의 감시는 아무런 소용이 없었습니다. 나는 금방 마르쿠스에게 반해 버렸습니다. 처음에는 단순한 풋사랑인 줄 알았지만, 시간이 흐르고 몰래 만나는 일이 잦아지면서 우리 관계는 진정한 열정으로 바뀌었습니다. 그 열정은 전쟁 기간 내내 지속되었고, 어머니의 거짓말이 아니었더라면 아마 영원까지라도 갔을 겁니다.

올가, 당신은 독일 남자와 프랑스 여자 사이에서 태어난 사랑의 결실입니다.

어렸을 때처럼…… 올가…… 편하게 얘기해도 되겠죠?

딸이 임신했다는 사실을 안 내 어머니는 분노와 고통으로 거의 제정신이 아니었단다. 마르쿠스를 증오했고, 모든 것이 오로지 마르쿠스의 잘못이라고 여겼지. 이 더러운 '슐로이(Schleu : 독일인을 경멸적으로 부르는 불어―옮긴이)' 때문에 다들 우리한테 등을 돌릴 게다, 라고 하셨지. 다행스럽게도 내 배는 눈에 띄게 부르지가 않아서 임신을 했다는 것도, 네가 태어났다는 것도 마을 사람들에게 들키지 않았단다. 네 외할머니는 헛간에서 몰래 네가 세상에 태어나도록 도와주셨다. 절반이 '버슈'의 피가 섞였는데도 네 외할머니는 네게 무척 애착을 보이셨지. 너는 정말 어여쁜 아기였단다!

하지만 얼마 지나지 않아 상황은 매우 심각해졌다. 연합군이 도착하고, 저항군이 위협하고 있었지. 발각되는 날이면 나는 머리털이 깎이고, 어린 너는 마구 다뤄지고, 마르쿠스는 죽게 될 게 분명했지. 한시도 마음을 놓을 수가 없었어. 도망을 쳐야만 했어.

어머니는 눈물을 흘리며 털썩 주저앉으셨다. 내가 마르쿠스와 어린 딸을 데리고 떠나면 어머니는 마을 사람들의 양심의 대상이 되고 손가락질을 받을 게 뻔했다. 어머니는 차라리 그렇게 되기 전에 목숨을 끊어 버리겠다고 하셨단다. 나는 어머니를 버릴 수 없었기에 그냥 남아 있기로 했다. 어쨌든 전쟁이 곧 끝날 참이었으니, 그리 오래 걸리지는 않을 것이고 우린 곧 다시 만날 수 있을 거라 믿었지! 그렇게 해서 마르쿠스는 1944년 6월의 어느 날 밤, 자전거를 타고 브르타뉴를 떠났다. 네 나이 딱 한 살이었어.

우리는 자전거 뒤쪽 짐칸에 너를 태울 의자를 만들었단다. 그것이 내 기억 속에 남아 있는 너와 네 아버지의 마지막 모습이란다…….

그렇게 떠나보낸 뒤 나는 슬픔을 견디지 못하고 죽는 줄만 알았다. 어머니가 내게 짊어지운 그 끔찍한 선택 때문에 어머니를 많이 원망도 했지.

그해 9월, 나는 첫 번째 편지를 받았다. 너와 네 아버지가 벨포르 지방에 도착했다는 소식이었다. 마르쿠스는 여정이 어땠는지 들려주었다. 다른 사람들이 얼마나 두려웠는지, 먹을 것을 구하기가 얼마나 어려웠는지, 몸은 또 얼마나 힘들었는지……. 이 모든 것을 완벽한 프랑스어로 썼지. 이제 눈에 띄지 않게 국경을 넘어, 아우스부르크 지역의 베르그하임에 있는 부모님 댁으로 가기만 하면 되는 것이었단다! 다 잘될 테니 걱정할 필요가 없다고 나를 안심시켰지. '꼬맹이'가 엄마를 찾곤 하지만 잘 토닥거려 달래준다고 했다. 그는 나를 사랑한다고 했다. 전쟁이 끝나면 우리 셋이 함께 살 예쁜 집을 마련할 거라고 했지…….

그의 두 번째 편지는 12월에 쓰인 것이었다. 구겨진 종잇조각에 서둘러 갈겨 쓴 흔적이 역력한 편지……. 네 아버지는 피에 젖어 불타고 있는 독일의 상황을 들려주었다. 추위와 배고픔, 비참함, 불에 타 고향집 잿더미에 깔려 죽은 부모와 누이, 그의 절망. 그는 날씨가 더 추워지기 전에 바이에른에 있는 친구 집으로 피신하려 한다고 했다. '꼬맹이'는 도통 기운이 없지만 건강하다고 했다. 그는 나를 사랑하고 있었다.

그것이 마르쿠스의 마지막 편지였다. 그 뒤로 너와 네 아버지는 내 인생에서 감쪽같이 사라져 버렸다. 아무리 찾으려고 애를 써도 흔적조차 찾을 수가 없었다. 독일 정부가 헤아릴 수 없을 정도로 사망자와 실종자가 너무 많았다……. 굶어 죽은 것일까, 혹한을 이겨내지 못한 것일까, 아니면 폭탄을 맞은 것일까? 여러 가지 의문들로 너무나 괴로웠지만, 내게 주어진 선택은 단 두 가지, 현실을 받아들이든가 죽든가 하는 것이었단다. 그리고 네 외할머니는 내가 살아가도록, 시련을 극복해 내도록 도와주셨다. 그 뒤로는 슬픔을 지우는 것이 나의 일상이 되어 버렸지…….

나는 결혼했다. 아니 결혼을 했다기보다 이웃에 사는 친절한 사내가 나를 아내로 삼도록 내버려 두었다. 그의 아들을 낳고 우리는 줄곧 어머니 곁에서 살았다.

1974년 어머니가 돌아가셨을 때, 내 나이 쉰 살이었다. 어머니의 집을 정리하다가 비스킷 상자 깊숙이 들어 있는, 접혀 있는 두 통의 편지를 발견했다. 독일에서 온 편지……. 마르쿠스의 글씨체임을 단번에 알아볼 수 있었지. 그중 한 통은 1946년 초에 내게 쓴 것이었다. 마르쿠스는 어떻게 바이에른의 친구 집에 이르러 전쟁이 끝날 때까지 숨어 살았는지 적고 있었다. 이어 뮌헨에 정착한 과정을 알려주면서 카울바흐슈트라쎄 6번지로 편지를 쓰면 된다고 했다. 악몽은 끝났으니, 우리는 곧 서로 다시 만날 수 있다고…….

이상하게도 두 번째 편지는 내 어머니 앞으로 온 것이었다. 그것은 받은 편지에 대한 답신이었다. 마르쿠스는 어머니의 솔직함 덕분에 내가 왜 침묵하는지를 제대로 이해할 수 있게 되었다면서 고마움을 표시하고 있었다. 그는, 견딜 수 없을 만큼 고통스럽지만, 과거에 선을 긋겠다는 나의 선택과 바람을 존중한다고 했다. 하지만 자기 아이를 버린다는 건 정말 끔찍한 거라고, 물론 올가는 아무것도 모를 거라고, 엄마는 죽었다고 얘기할 테니까……, 그는 내게 용기가 부족하다고, 그런 얘기는 내 스스로 썼어야 했다고 했다.

나는 경악했다. 어머니가 대체 어떤 거짓말을 한 걸까? 왜? 무엇 때문에? 어떻게 그럴 수 있었을까? 결코 알 수 없었다. 어머니는 그 답을 무덤으로 가져가 버렸으니까. 어머니를 미워하기에는, 상황을 돌이키기에는 너무 늦어 버렸다…….

올가, 네 이야기를 이렇게 적는 것을 끝으로, 내 기억력도 이제 다한 것 같구나. 무턱대로 네 아버지가 살았던 마지막 주소로 이 편지를 보낸다만, 네가 이 편지를 받아 볼 수 있을는지…….

사랑한다, 엄마 아델이.

이제 아델은 너무나 피곤하다. 그녀는 편지 봉투에 우표를 붙이고 혹시나 하는 마음에 우표를 하나 더 붙인다. 자리에 누워 기다리기 시작한다, 올가의 편지를. 시간은 흐르고, 병은 악화된다. 기억력은 점점 더 쇠퇴해 간다.

어느 가을날, 한 여인이 양로원을 찾아왔다. 그녀는 약간 독일 억양이 섞인 말투로 르뫼르 부인을 찾는다. 수간호사는 이 방문객을 의아해한다.
"기억력이 너무 떨어지셔서, 만나 뵌 지 오래되었다면 충격을 받으실지도 몰라요. 아가씨를 알아보지 못할 수도 있습니다."
올가는 아델의 정면에 앉아 두 손을 잡는다. 두 여인은 한 마디 말도 나누지 않고 오랫동안 서로를 쳐다본다. 그녀들은 서로 닮아 있다. 하지만 그녀들은 알지 못한다. 아델은 집중하며 이맛살에 힘을 주고 기억을 더듬는다…… 그리고 미소를 짓는다. 그렇다, 그의 눈을 알아본 것이다. 마르쿠스, 그가 그녀를 데리러 온 것이다. 그는 스무 살. 그녀 또한 그러하다. 아델의 모든 기억이 되살아났다. 어머니의 집, 벽난로가 있던 모퉁이, 버드나무 의자, 왁스칠한 마룻바닥, 창문. 그 창문을 닫는 마르쿠스가 보인다. 그러더니 이제 그의 일부, 그토록 원했던 그의 벗은 상체만이 보이고, 이제 그것마저도 망각의 모래에 의해 마모되고 있다.

조금씩…… 모든 것이 사라진다. 집도…… 마르쿠스도……. 이제는 집에 대한 생각, 그녀의 남자가 풍기던 그 느낌만 남아 있다. 조금씩, 그녀는 자기 남자에게 집의 조각들을 붙인다. 조금씩, 그는 집이 된다. 하지만 모든 것이 계속 사라지고 있다. 조금씩, 이제는 기억의 잔재뿐, 예전, 마르쿠스를 알기 이전의 풍경만 남았다.

어
느

봄
날

오
후

chapter 04

일러스트 오드 파르망티에 작가 이자벨 가르지아노

어느 봄날 오후

그날 오후, 그녀는 2시 30분에 학교를 나왔다. 더 이상의 수업이 없었다. 선생님들이 계시지 않는다. 아무래도 일진이 좋을 것 같다.

엄마한테 데리러 오라고 말하지 않기로 했다. 한번쯤 3킬로미터 정도 걷는다고 어떻게 되랴 싶었다. 게다가 햇볕이 내리쬐고 있었다. 바야흐로 봄의 시작. 산책하기 딱 좋은 날씨였다.

사실 그녀는 나다니는 것을 별로 좋아하지 않는다. 청소년기의 중압감과 권태를 적당히 안고 실내에서 뒹구는 것을 더 좋아한다.

연말이면 열네 살. 그녀는 날씬하며 호리호리하고, 가느다라면서 질긴 밝은 색깔의 머리카락에, 광채 없이 창백한 눈빛과 피부색을 지녔다. 대화를 나눌 때는 상대방을 쳐다보지 않으려는 버릇이 있다. 등은 살짝 굽었다. 무정부주의적인 성장의 결과? 아니면 책가방이 너무 무거워서? 그도 아니면 실존주의적인 불편함 때문에? 약간은 이 모든 것이 원인이

기도 하고, 약간은 전혀 다른 원인도 있을 것이다.

다른 곳에 가고 싶다. 그곳이 어디인지는 모르지만.

사람들은 모두 연체동물 같다. 그녀는 그들을 이해하지 못한다. 물어뜯고 싶은 욕망이 생긴다. 이를 꽉 문다. 하지만 행동에 옮기지는 않는다.

교실에서 그녀는 자기 표현을 거의 하지 않는다. 선생님들은 그녀더러 '내성적' 이라고 표현한다. 그런 소릴 들으면 그녀는 미소를 짓는다. 보조개와 날카로운 이. 아, 정말이지 그들은 정말 너무 하찮다!

앞으로 무엇을 하고 싶은지도 그녀는 알지 못한다. 그 질문에 대한 답은 빈칸으로 남겨둔다. 지금으로서는 그 일이 더 쉬운 무엇이기를, 늘 가면을 쓸 필요가 없기를 바랄 뿐이다. 그냥 되는 대로 살고 싶다. 그녀 자신이 되고, 그 밖의 것은 무시하고 싶다. 쉽지 않을 것이다. 그리고 당장은 때가 아니다.

그녀는 자신이 못생겼다고 생각한다. 지나칠 정도로 말랐다. 지나칠 정도로 편평하다. 굴곡이 없다. 젖가슴이 없다. 엉덩이도 없다. 입은 뾰족뒤쥐 같다. 이런 몸뚱이를 무엇에 쓸지 모르겠다.

저녁이면 그녀는 얼굴에 몇 개 나 있는 여드름에 의식적으로 약품 냄새가 나는 소독약을 바른다. 여드름을 짜서 거울 위로 터져 버리게 만들고 싶은 것을 꾹 참는다. 그렇게 하면 신이 날 것 같지만, 그랬다가는 자국이 남는다……. 상처까지 있다면 정말 가관일 것이다! 성인이 되어 얼굴마저 흉하게 된다면 정말이지 최악이다!

어쨌든 집까지 가는 데 오래 걸리진 않을 것이다.

운동을 하지 않는 여자애 치고는 제법 넓은 보폭으로 씩씩하게 잘 걷는다.

문이 열려 있었다. 엄마의 차가 대문 앞에 주차되어 있다. 엄마가 근처에 있을 것이다. 그녀는 엄마를 부른다. 대답이 없다. 부엌에는 아무도 없다. 거실에도 없다. 복도 저쪽 끝에서 소리가 나는 듯했다. 틀림없이 침실에 있을 것이다. 방안을 정돈하면서 노래를 하거나 혼자 중얼거리고 있겠지. 그녀는 침실 문 앞까지 천천히 다가가다가 별안간 멈춰 선다. 불안감, 의혹……. 엄마는 노래하고 있지 않았다. 혼잣말을 하고 있지도 않았다. 아니 구체적으로 말한다면 숨을 헐떡이고 있는 듯했다. 그녀는 꼼짝 않고 서 있었다. 귀를 곤두세우고, 모든 감각 기관을 경계 태세로 둔 채.

이해하고 싶었다. 그녀에겐 그럴 권리가 있다. 그녀는 귀를 기울인다. 다시 귀를 기울인다. 숨죽인 신음, 한숨…… 이 모든 소리가 갖가지 톤으로 다르게 흘러나왔고, 그건 바로 엄마의 목소리 ― 이런 소리를 굳이 목소리라고 부른다면 ― 였다. 그러니까 ~하고 있는 엄마 …… 아니, 엄마가 아니다! 훤한 대낮에, 아이들이 학교에 가 있는 사이에 이럴 리가 없어! 하지만 그건 그녀의 엄마였다. 남편을 잃고 혼자 된 뒤에도 그런 욕구가 필요한 걸까?

그녀는 엄마가 몸에 대한 기억 상실증에 걸린 채 거기에 익숙해져 있다고 생각했었다. 그런 우스꽝스런 욕망에서 벗어나 있다고, 그를 넘어

어느 봄날 오후

서 있다고, 더욱 분별력 있다고. 하지만 아니다. 엄마는 흔한 사람이며 평범하고 저속하다. 그래, 저속하다는 말이 맞다.

슬쩍 역한 기분이 들자 그녀는 인상을 찌푸린다. 운 좋게 부모가 이혼하지 않은 경우라도, 부모가 사랑을 나누고 있는 모습을 상상하는 것만으로도 유쾌한 기분이 들지 않는데, 5년여 전부터 과부로 지내던 엄마가, 주변에 청혼하는 남자라고는 한 명도 보이지 않더니만, 화창한 어느 날 감각의 제국을 즐길 생각을 하다니, 상상을 초월하는 일이다! 정상이 아니다! 믿을 수 없다!

정말이지 엄마의 이미지에 어울리지 않는다. 현실 감각을 잃어버렸나 보다. 왜 그렇게 된 걸까? 저건 엄마가 아니다. 아니, 엄마다. 엄마는 아름답고 용감하고 지적이며 능력 있는 여자란 말이다. 그런 엄마가 어떻게 이 지경에 이를 수 있을까?

오늘 오후 2시 30분 학교를 나서기 전의 시간으로 되돌아가, 여느 때보다 일찍 귀가하여 엄마를 즐겁게 놀라게 해 주리라는 생각만 하지 않게 된다면 무엇이든 다 할 수 있으리라. 자기 딸이 학교엘 다녀왔는지 어쨌는지 신경도 쓰지 않는 엄마라니! 나의 엄마는 저 하늘 끝에 가 있단 말이다!

이제 엄마가 그에게 말을 하고 있다. 그녀는 거북하면서도 귀가 솔깃해져서 문에 귀를 바짝 붙인다. 말도 안 돼. 엄마가 저 남자에게 정말 바보 같은 말을 속삭이고 있다. 그런 게 사랑이란 말인가? 아니, 수치심도 없단 말인가! 천박하다. 그 남자의 반응에 대해 굳이 표현하자면⋯⋯

에로틱한 대화에 가담하려 드는 수컷 치고는 나쁘진 않다. 아니, 차라리 동정심이 들 정도다.

기다리고 있다 보니 이 나이 든 커플의 지구력은 상대적으로 강하다는 생각이 들었다. 훨씬 빨리 끝나리라 생각하던 터였다. 하긴 나이가 들면 여유로워진다는 건, 익히 알려져 있는 사실이다.

배울 게 많은 어느 오후였다. 분명 흔히 말하는 배울거리는 아니었지만, 어쨌든 그렇단 말이다……. 적어도 그녀는 엄마가 여자라는 사실을 깨달았다. '늙었다' 해도 욕망과 즐거움을 느낄 수 있으며, 어쨌든, 그런 것이 정상이라는 것을…… 또 누가 알랴…….

그녀는 엄마의 침실 문 앞에서 어깨를 한번 들썩이고는, 책가방을 흔들며 부엌으로 향했다. 냉장고 문을 열고, 빵에 발라먹는 초콜릿 잼을 꺼내 실컷 먹었다.

아

무

말

도

하

지

않

는

다

면

chapter 05

일러스트 바르바라 우아레 작가 나탈리 구이에 - 퀼베르

아무 말도 하지 않는다면

실루엣 하나가 나타난다. 내려앉은 밤 자락에 드리워진 어두컴컴한 형태. 약간 묵직해 보이고 약간 꾸부정하지만 어쨌든 인간의 실루엣이다. 그 실루엣이 종종걸음을 치며 서두른다. 느린 듯 빠르게 걷는다. 다른 누구보다도 제일 먼저 앞마당에 도착해야 한다. 앞마당이라 함은 길 끝에 서 있는 커다란 사무실 건물 입구의 광장을 가리킨다. 바닥은 차가운 대리석으로 되어 있지만 현관의 움푹 들어간 곳에 있으면 외풍을 피할 수 있다. 다만 가장 편안한 구석을 차지하려면 아주 일찍 도착해야 한다.

부랑자의 신(神)이 그녀와 함께했나 보다. 아무도 없다. 소지품을 펼쳐놓을 수 있겠다. 천만다행으로 휴지통에는 마침 깔고 잘 수 있는 신문이 들어 있다. 그녀는 자리를 잡고 바구니에서 병을 꺼낸다. 병 안에 남아 있는 몇십 밀리리터의 음료가 그녀의 저녁 식사다. 그녀는 목에 두른 스카프를 꼭 조여 매고 거리를 지켜본다. 늦은 시각 귀가길 행인들. 바쁜

걸음으로 사라진다. 아무도 없다. 이런 추위라면 서둘러 집으로 돌아가고 싶을 것이다.

인적이 드물다. 겨울에는 늘 그렇다. 길거리 공연도 쉬는 기간이다. 앗, 저기 위대한 알베르가 온다. 그녀가 제일 좋은 자리를 차지하고 있는 것을 보고는 투덜거리면서, 저만치 떨어진 곳에 풀썩 주저앉으려 한다.

"안녕하세요, 위대한 알베르 씨."

그는 대꾸하지 않는다. 이 작자는 말 많은 타입이 아니다. 어쨌든 딱히 할 말이 없다. 그들은 그저 거기 있을 뿐이다.

사업가처럼 보이는 사내가 한쪽 어깨에 끈 달린 가방을 메고 시선을 땅에 둔 채 무언가를 중얼거리는지 입술을 움직이며 걷고 있다. 머릿속에 근심이 가득한 모양이다. 어떤 엄마가 피곤해 보이는 사내아이를 겨우겨우 끌고 간다. 어쩌면 아이는 홀로 어린이집에 늦게까지 남아 있었거나, 긴 하루에 지친 유모 집에서 엄마를 기다리고 있었는지 모른다. 아이는 엄마 손에 이끌려 가며 몸을 비비꼰다. 정면으로는 모하메드가 양념 가게 창의 커튼을 내린다. 동네에서 제일 늦게 맹꽁이자물쇠로 문을 잠그고, 그들에게 저녁 인사를 건네며 사라진다. 적어도 그는 그들이 거기 있다는 것을 안다. 그들을 투명 인간 취급하진 않는다.

자, 이제는 잘 시간이다. 더 이상 볼 게 없다. 칠흑 같은 어둠뿐이다, 보도에 웅덩이 같은 빛을 던지는 가로등을 제외하고는. 그녀가 있는 자리에는 가로등 불빛이 직접 가 닿지 않는다. 하지만 알베르는 눈에 한가득 빛을 받는다. 알베르가 줄곧 투덜대고 몸을 뒤척이는 게 바로 그런 까

닭이다.

틱 틱 틱 톡 톡. 하이힐 소리. 귀가 길이 늦은 아가씨다. 이런 늦은 시간에 밖에 있으면 안 될 것 같은 어린 아가씨. 티키티카탁. 이젠 달리기 시작한 모양이다. 그리고 별안간 아무 소리도 들리지 않는다. 누군가 꾹 입을 막아 새어나오는 비명소리만 들린다.

"알베르, 일어나 봐요. 저대로 그냥 놔두면 안 되겠어."

알베르는 슬며시 고개를 들어 상황을 파악하고는 놀랄 정도로 재빠른 몸짓으로 단숨에 일어난다. 그리고 가방을 뺏으려 했는지 옷을 벗겨 내려 했는지 ―두고 봤어야 알 일―, 어린 아가씨에게 난폭하게 굴고 있는 어린 사내 녀석에게 달려간다. 알베르가 둘을 떼어 놓으려 하는 사이, 한힘 보태러 나선 쥘리에뜨는 포도주 병을 휘두르며 소년을 마구 때린다. 그녀는 그다지 힘이 좋지 않다. 따라서 그다지 아프게 때린 것은 아니다. 라 퐁텐느의 우화 〈파리와 마차〉에 나오는 파리(자기가 분주히 움직여 말들을 나아가게 만들어 마차를 움직였다고 생각하나 실제 말들을 성가시게만 한다 ―옮긴이) 꼴이다. 그녀는 녀석을 성가시게 만든다. 깡패 녀석은 제 몸을 방어하기 위해 쥐고 있던 아가씨의 옷자락을 놓을 수밖에 없다. 알베르는 그 틈을 타 소녀를 멀리 떼어 놓는다. 녀석이 달아난다. 알베르가 기대했던 바는 아니나, 어느새 소녀는 그의 품 안에서 떨고 있다. 도둑질을 하려했는지 강간을 하려 했는지 모를 ―두고 봤어야 알 일―, 달아난 녀석만큼이나, 그녀는 냄새나는 누더기를 뒤집어쓴 알베르를 무서워하는 모양이다. 그는 그녀를 토닥인다. 하지만 결국 그녀를 진정시킨 것은 살짝 쉰 소리 나는 걸걸한 쥘리에뜨의 목소리였다. 쥘리에뜨는 그녀의 집이 얼마나 먼지 물어보더니, 자기는 자리를 지키고 있을 테니 알베르더러 바래다주라고 했다.

"고맙습니다. 제 이름은 아녜스예요. 감사드리고 싶은데 제가 어떻게 해 드리면 될까요? 필요하신 게 있으면 말씀해 주세요." 하고 소녀가 그들과 악수하며 말했다.

"아, 아무것도 필요 없소. 지붕이랑 일, 가족만 있으면 되는데, 아가씨 주머니 속에 그런 건 없으니, 그 얘긴 관둡시다." 하고 알베르가 중얼거렸다.

10여 분이 지나자 그는 10유로짜리 지폐를 들고 돌아왔다. 쥘리에뜨와 나눠 갖겠다고 약속한 돈이었다. 그리고 그들은 곧 잠이 들었다. 에피소드 끝.

다음 날, 그들은 빗물로 인해 번쩍거리는 앞마당 위에서 몇 마디 의성어와 의태어를 주고받던 중에, 커다란 가방을 품에 안고 오는 그녀를 보았다.

"앉아도 되나요?"

그들은 깔고 앉아 있던 신문지 더미 위로 작은 자리를 하나 만들어 주었다. 그녀는 보온병과 바게트, 비스킷, 플라스틱 병들, 냅킨 등을 풀어 놓았다. 그들 앞에 전부 쭉 펼쳐 놓더니, 따뜻한 커피 한 잔과 샌드위치를 건네주었다. 그야말로 진수성찬이었다. 그녀도 웃으며 그들과 함께 나눠 먹었다. 먹는 데 너무나 열중한 나머지 대화를 나눌 틈이 없었다. 쥘리에뜨는 불평했다. 커피가 좋기는 하지만, 좀 더 강한 거 있잖아. 무슨 얘긴지 알겠어요?

"예, 그럼요. 내일, 아주 진한 차를 갖다 드릴게요." 하고 아녜스는 순진한 얼굴로 대답했다.

다음 날, 그녀가 또 왔다. 그리고 매일 저녁 왔다. 그녀의 방문은 이제 습관이자 하나의 의식이 되어 버렸다. 오래 있지 못할 때면 5분만이라도 들르곤 했다. 만일 못 올 것 같으면, 누군가를 시켜 먹을 것과 사과의 쪽지를 보내 왔다. 결국 그들은 서로 이런저런 얘기를 나누게 되었다. 그녀는 가전제품 회사의 비서란다. 남자친구가 있기는 하지만, 평생을 함께 할 상대인지는 모르겠다고 했다. 브루티유라는 이름의 고양이가 있는데, 기분이 내킬 때만 곁에 붙어 있다고.

쥘리에뜨가 한 마디 했다. "고양이들이 다 그렇지. 고놈들은 영 믿직하지가 않아."

그녀는 기타를 약간 칠 줄 안다고 했다. "언제고 저녁때 한번 들려주지 그래?"

3년 전에 부모님이 돌아가셨다고 했다. 멀리 살고 있는 오빠는 거의 얼굴 볼 일이 없단다. 이 얘기, 저 얘기, 자잘한 얘기들, 중요한 얘기들. 중요하지 않은 얘기들. 그야말로 대화를 나눴다.

알베르와 쥘리에뜨는 자기 얘기를 거의 하지 않았다. 삶이 어떻게 그들을 그곳에 놓아두게 되었는지 말하고 싶지 않은 것이었다. 그러나 술에 취해 자기 연민의 마음이 동한 어느 날 저녁, 쥘리에뜨는 아이들을 잃었다고 털어놓았다. 말뜻 그대로 '잃어버렸다'는 것이다. 안경이나 여권을 잃어버리듯이. 아이가 셋 있었어. 한 명씩 떠났지. 그리고는 더 이상 소식이 없는걸. 다들 어디에 있는지 모르겠어. 아이들을 다시 찾는 건 불가능한 일이야. 그리고 성 안토니오(선원이나 난파선, 죄수들을 수호하는 성인—옮긴이)는 그다지 믿지 않아. 아이들을 찾는 건 그 사람 일이 아니니까.

조금씩 날이 따뜻해지더니 마침내 봄이 되었다. 그리고 여름이 찾아왔다. 7월의 어느 날 저녁, 그녀는 무엇 때문인지 난처한 표정을 하고 찾아왔다. 틱 탁 톡, 그녀는 하이힐을 신고 몸을 좌우로 흔들며 걸었다. 여느 때처럼 함께 저녁 식사를 했다. 하지만 다른 날보다 활기가 덜했다. 그녀는 마치 혀 위에 무거운 짐이라도 얹은 듯 말이 없었고, 어쩌다 말을 하더라도 너무 빨라 알아들을 수 없는 소리를 했다. 7월에는 해가 더 길어진다. 그래서 종종 그녀는 늦게까지 남아 있곤 했다. 그녀는 참고 또 참다가 불쑥 이런 말을 털어놓았다.

"한 달 정도 떠날 거예요. 휴가가요, 친구들과 함께. 8월이 휴가철이라 저녁마다 저를 대신할 사람을 찾지 못했어요."

"어쨌든 아녜스는 누가 대신할 수 있는 존재가 아닌걸." 하고 알베르는 퉁명스럽게 말을 내뱉었다.

쥘리에뜨는 아녜스가 마음에 걸려한다는 것을, 아녜스가 자신들을 두고 떠나게 되어 정말 슬퍼한다는 것을 느낄 수 있었다. 선행을 베풀어 천

아무 말도 하지 않는다면

당에 가기 위해 그러는 게 아니었다. 그녀는 진정으로 슬퍼하고 있었다.

"걱정 마. 8월에는 우리가 왕이나 다름없는걸. 사무실들이 문을 닫잖아. 자리 피해 다닐 일 없이 온종일 앞마당에 있을 수 있는걸. 사무실 문 닫는 시간을 기다리며 정처 없이 떠돌아다닐 필요가 없어. 게다가 날씨도 따뜻하지. 이쯤이면 별 세 개짜리 호텔은 된다고. 또 거리에는 사람들이 많아 눈이 즐거워지지. 건지는 것도 생기거든. 다들 휴가라 관광하러 온 사람들이잖아. 손가락이 얼까 봐 주머니 속에 양손을 꼭꼭 쑤셔 넣는 겨울보다 훨씬 사람들이 너그럽다고. 잘 가. 가라고. 우리 걱정은 말고."

주저주저. 눈 속으로 보이는 희미한 빛. 촉촉한 베일을 드리운 듯한 시선을 하고 쥘리에뜨는 이런 말을 덧붙인다. "휴가 다녀오면 다시 우리를 보러 올 거지?"

그녀는 고개를 끄덕이며 진심으로 약속했다.

사실 8월은 쥘리에뜨의 말처럼 장밋빛이 아니었다. 정확하게 말하자면 그들은 배가 고파 굶어죽기 일보직전이었다. 그나마 다행인 것은, 해마다 이맘때면 식당의 쓰레기통들이 가득 차 있다는 것이었다. 아무리 그렇다고 해도 어쨌든 힘겨운 상황이었다. 훈훈한 인간관계 따윈 없었다. 그들은 헌 신발을 질질 끌며 얻어맞은 개처럼 슬픈 표정을 하고 동네를 돌아다녔다. 그러다 저녁이면 한 마디 말도 없이 그들의 마당에 자리를 잡았다. 행인들한테 말 붙이는 것도 잊은 채 그저 지나가는 대로 쳐다보곤 했다. 서로 그 여자애가 다시 오지 않을까 두렵다는 말을 차마 털어놓지 못한 채 여름이 지나가는 것을 지켜보고 있었다. 그애는 다시 자기 삶에 빠져 살 것이다. 우리를 잊어버릴 거야.

9월. 그들은 저녁마다 거리를 지켜보았다. 그러지 않는 척하면서.

그녀는 보이지 않는다.

"내가 뭐랬어. 당신은 참 멍청하다니까. 애착을 가져서는 안 되는 법이야."

그러나

틱 틱 탁 톡.

"안녕하세요."

너무 빨리 고개 들지 말 것. 그녀를 기다렸다는 것을, 그녀가 오기를 고대하고 있었다는 것을 눈치 채지 못하게 할 것.

"아, 안녕?"

그리고 다시 시작이다. 그녀는 모든 것을 갖고 왔다. 커피가 담긴 보온병, 샌드위치, 케이크, 과일, 물잔, 심지어 투렌느 지방에서 가져온 백포도주 하프 바틀까지. 그리고 약간의 무엇. 마치 아우라 같은 무엇. 바로 그녀 주위로 반짝이는 즐거움까지도.

"나, 많이 보고 싶지 않았나요?"

"천만의 말씀!"

그러면서도 쥘리에뜨는 아녜스에게 미소를 지어 보였다. 그러지 않을 수가 없었다. 아녜스를 품에 안지 않을 수가 없었다. 쥘리에뜨는 그녀를 꼭 껴안았다.

"어머, 이런 미안."

쥘리에뜨는 자신이 누군가를 껴안기 좋은 차림새가 아니라는 것을 알고 있었다.

"괜찮아요."

아녜스는 두 사람을 쳐다보았다. 늘 반짝이는 그녀의 눈빛. 웃음과 행복이 느껴지는 그 무엇.

"저 결혼해요."

"아, 그럼 떠나겠구나. 이번에는 아주……."

"네, 하지만 두 분을 모셔갈 거예요."

"무슨 말이야, 우리를 데려간다니? 우리 의견은 묻지도 않고?"

"지금 여쭤 보는 거예요. 말씀드리자면, 부탁드리고 싶은 게 더 있어요. 호의, 커다란 호의를 부탁드려요."

별안간 미덥지 못하다는 표정을 짓는 쥘리에뜨. 알베르는 자기 자리에서 경계 태세를 취하고 있다. 그는 이 아가씨가 이상하다고 생각한다.

쥘리에뜨가 슬쩍 걱정스러운 듯이 중얼거린다. "계속 얘기해 봐."

"네."

아녜스는 숨을 크게 들여 마시고 양 주먹을 꼭 쥔 채 용기를 내어 말한다.

"제 부모님이 되어 주실 수 있으세요?"

누가 뭐래도 하늘이 다 아는, 산전수전 다 겪어 본 쥘리에뜨라는 이 여자, 아무 말 없이 가만히 있다. 수다쟁이라면 빠지지 않는 그녀지만 무슨 말을 할지 몰라 헤매고만 있었다. 그녀는 이제 막 강물에서 들어 올려진 늙은 잉어처럼 입만 열었다 닫았다 했다. 알베르는 줄곧 아무 말도 하지 않았다. 아녜스의 말은 그의 입을 완전히 막아 버린 듯했다. 다시 입을 연 쥘리에뜨의 말도 입 안에서 맴돌았다.

"그런 건 말이야……, 우릴 무시하는 거야."

"전혀 아니에요. 진지하게 말씀드리는 거예요."

"아니야, 우리가 어떤지 잘 알잖아. 교회 결혼식장에서 누더기 꼴을 한 우리를 상상해 봐."

"그거야 알아서 할 수 있어요. 그리고 그냥 결혼식 때문에만 이러는 게 아니에요. 식이 끝난 뒤에도, 그러니까 영원히 말이에요." 하고 아녜스는 단언했다.

이번에는 쥘리에뜨가 완전히 자제력을 잃은 듯했다. 마지못해 하면서 수치심에 몸 둘 바를 몰랐다. 그녀의 두 뺨 위로 커다란 눈물방울이 떨어졌다. 쥘리에뜨는 가까스로 또박또박 이렇게 물었다.

"그래, 그걸…… 가리켜…… 호의라고 한 거야?"

"가장 아름다운 호의죠." 하고 아녜스가 고개를 끄덕이며 말했다.

"부모를 선택할 수 있다는 것, 이런 행운을 가진 사람이 얼마나 있겠어요? 자기 어머니를 선택하는 것, 어떤 딸이 그런 것을 원할 수 있겠어요? 물론 쥘리에뜨 아줌마가 저를 딸로 삼고 싶어해야 가능한 얘기지만."

쥘리에뜨는 더 이상 아무 말도 하지 않았다. 뭐라고 대답하겠는가? 쥘리에뜨는 계속 묵묵부답이었다. 왜냐하면 목이 메었다. 정말 실꾸리가 목구멍을 막는 것 같았다. 왜냐하면, 모두들 잘 알다시피, 아무 말도 하지 않는다면 동의한다는 뜻이니까.

엄
마
,

고
마
워
요

정말 그래 보여요?...
정말이요?...
너무 애들 같아
보이지 않나요?...
흠, 그럼
이걸로
사죠.

♡하는 엄마,
생일 선물로
갖고싶은 옷을
드디어
찾아냈어요.

chapter 06

일러스트 글로리아 작가 마리 우르카스타뉴

엄마, 고마워요

엄마, 고마워. 이 모든 게 엄마 때문이니까.

아주 옛날부터 자식이 잘되기를 바라고, 그러도록 애쓰는 게 어머니라고 여겨져 왔다. 어머니는 우리를 보호하며 행복의 길로 인도한다. 요컨대 지난 11월 24일 그 끔찍한 저녁이 되기 전까지 내가 믿었던 것도 그러했다.

내가 태어난 뒤로 줄곧, 엄마가 백마 탄 왕자가 존재한다고 반복해 말하지만 않았어도 인생 최대의 바보 같은 짓을 저지르고 있진 않았을 것이다. 만일 내가 엄마 말을 곧이곧대로 새겨듣지만 않았더라도, 나는 모르핀에 취한 여왕벌 주위를 맴도는 코카인에 취한 벌 떼처럼 내 주변을 빙빙 도는 히스테릭한 그 미친 여자들의 표적이 되진 않았을 것이다. 엄마는 마치 자기 인생이 달려 있는 것처럼 분주히 움직였다. 하지만 이건 내 인생이다. 나 혼자만 관련된 일.

분명 엄마가 하는 말 전부를 말 그대로 받아들이지 말았어야 했다……. 예전 기억을 아무리 거슬러 올라가 보아도 엄마가 늘 되풀이하는 말들이 내 뇌를 불법 점거하는 동안, 내게는 단 하나의 탈출구도 없었던 것 같다. 엄마의 그런 말들은, 번쩍이는 내 무도화를 모든 솔로 여성들에게 음료가 무료 제공되는 최신식 나이트클럽으로 이끌었을 뿐만 아니라, 나를 그 범상치 않아 보이는 사내와 춤추게 만들었다. 그는 저녁 내내 나를 놓아주지 않았다. 내 작은 발에 별안간 나타난 물집 때문에 나는 더 이상 걸을 수가 없었고, 결국 그의 차에 올라탈 수밖에 없는 처지가 되었다. 나는 얼근히 취해 코마 상태를 오락가락하고 있었고, 그는 더 가깝다는 그럴 듯한 구실로, 나를 자기 집으로 데려가도 좋다고 생각한 모양이었다.

다음날 아침 깨어 보니 나는 무균실에서 사는 아이들조차도 매우 평온하게 성장할 수 있을 것 같은 아파트 안에 있었다. 그는 얼룩 하나 없이 깔끔한 부엌에서 나를 기다리고 있다가 내가 연한 장밋빛 기모노를 입고 나온 것을 보고는 감탄했다. 그가 나를 위해 방에 있는 수건걸이에 놓아두었던 것이었다. 아침상이 차려져 있었고, 상 위의 모든 것은 신선하고 고급스러워 보였다. 열여덟 가지의 차와, 하나같이 잘 알려진 열대 이국 산지에서 가져온 열한 가지의 커피, 다섯 가지의 코코아가 있었지만, 리코레(치커리 가루 성분이 함유된 커피로, 네슬레에서 만든 상품명—옮긴이)는 없었다.

"와우, 근사한걸……. 번거롭게 해서 미안한데, 혹시 리코레 없어?"

"내 정신 좀 봐. 물론 있지. 정말 미안해……."

"진심이야, 아니면 날 씹는…… 아니, 날 무시하는 거야?"

"뭐라고?"

"내 말뜻은…… 사과할 것까지야 뭐 있냐고. 아침 식사가 별 다섯 개 짜리 레스토랑감인걸. 물론 그런 곳에 가 본 적은 없지만……."

"칭찬 고마워. 난 집에 온 사람들한테는 꼭 제대로 대접하지. 그리고 넌 내가 맞아본 손님들 가운데 가장 매력적인걸."

"'가장'이라니, 사람들을 그다지 많이 초대해 본 것 같지도 않은 데……."

이것이 우리가 처음 나눈 대화였다. 앞으로 그처럼 크나큰 재앙이 닥칠 거라 점 칠 수 있는 징조 따윈 전혀 없었다. 그러나……

몇 주 후, 나는 엄마와 함께 바디 컴뱃(Body combat)을 하러 갔다. 탈의실에서 엄마는 나를 이상하다는 듯이 쳐다보았다.

"우리 딸, 무슨 일 있니?"

"왜? 무슨 일이냐니?"

"오늘따라 약간 창백해 보여서 물어본 것뿐이야."

"아, 뭐."

창백해 보인다는 말은, 엄마가 임신한 것 아니냐는 말을 돌려서 할 때

정말 그래 보여요?...
정말이요?...
너무 애들 같아
보이지 않나요?...
흠, 그럼
이걸로
사죠.

♡하는 엄마,
생일 선물로
갖고싶은 옷을
드디어
찾아냈어요.

쓰는 말이다. 하지만 날짜 계산을 해 본다고 베르트랑 르나르(Bertrand Renard : 숫자 전문가로, 프랑스 TV방송국 France 2에서 〈숫자와 문자〉라는 프로그램의 진행을 맡고 있다―옮긴이)를 굳이 부를 필요도 없다. 내 성생활이 연료 부족에 의해 정지된 지는 10개월 하고도 5일, 얼마 있으면 1년이다. 그러니까 엄마 누군지 잘 알겠지? 계속 내가 전화 피하던 미스터 클린(Mr. Clean)이야.

"오로르, 정말 근사한 일인걸!"

"아냐, 엄마, 근사한 건 아니지."

"엄마 눈에는 근사해 보여."

"난 아니야. 겁나는걸."

"그래, 아빠는 어떤 사람이야?"

"바로 그게 문제야. 이름은 장-브누아, 인큐베이터 같은 데 살아. 피가로 잡지에 나오는 세쌍둥이(귀공자 스타일의 캐릭터―옮긴이)처럼 생겼어. 30대고……."

"누가 아들 이름을 그렇게 고상하게 붙였다니?"

"뭐, 세상엔 잔인한 부모도 있는 법인걸."

그 순간부터 내가 대담했던 유일한 순간은 드 라 튈레이 군에게 소식을 알리러 갔을 때였다. '드' 자 들어간 그의 이름이 알려주듯, 그는 발라뒤르(에두아르 발라뒤르(Edouard Balladur) : 대표적인 프랑스 우파 정치인―옮긴이) -사르코지(니꼴라 사르코지(Nicolas Sarkozy) : 프랑스 우파 정당인 민중 운동 연합 UMP의 당수—옮긴이)를 찍는 파리 15구 족속에 속한다. 그렇다고 유럽 보이스카우트로 활동하진 않았으나, 빌리에르(필립 드 빌리에르(Philippe de Villiers) : 프랑스 우파 보수당의 핵심 인물—옮긴이)더러 매력적이란다!

그에 비하면 나는 별로 얘기할 것이 없다. 내가 유일하게 붙여 봤던 포스터는 정치적인 것이 아니라, 고등학교 시절 몸담았던 록 그룹 The Puking Biches의 콘서트 포스터였다. 하지만 늘 좋은 건 좌파라고 확신했다. 이 역시 엄마를 닮은 것 가운데 하나다.

나는 혼자서 나 자신에게 수천만 가지의 중요한 의문을 던지는 스타일이다. '언젠가 내가 저축을 하게 되긴 할까?', '일주일에 두 번 맥도날드에 가는 게 정말 끔찍한 걸까?', '클로에(Chloe : 고급 여성 의류 액세서리 메이커—옮긴이) 비공식 바겐세일에 초대받으려면 누구와 자야 할까?'

장-브누아는 결코 그런 의문을 갖지 않는다. 그에게 있어 인생은 성서와 같이 단순한 무엇이었고, '신은 존재한다', '외계인은 존재하지 않는다', '나의 어머니는 성스러운 여인이다', '클래식 음악만이 들을 만한 가치가 있다' 등과 같이 딱딱 떨어지는 확실한 것들로 요약되는 것이었다.

당신을 사랑해. 난 아이를 원해. 우리 결혼하자.

그는 내가 임신 소식을 알려주어 행복하다고 했다! 이런저런 사연을 들은 내 여자친구들은 하나같이 나를 만류했다. 나는 내가 원하는 바가 무엇인지 알지 못했다. 하지만 선택은 내 몫이었다.

단순히 소식을 전하러 들렀던 것이 결혼으로 이어질 줄을 어떻게 상상할 수 있었겠는가? 나는 일주일 내내 잠을 자지 못했다. 직장에서도 안정이 되지 않았고, 매일 아침 타르틴느를 토하곤 했다. 하지만 당시까지의 내 애정사에서 겪어 본 바 없던 선량함이 뒤섞인 그의 확고한 태도, 그리고 할머니가 된다는 생각에 신이 난 엄마의 반응은 점차 나의 반감을 무너뜨렸다. 내 나이 서른셋. 내 인생은 기름의 바다와 같았고, 나는 그 위를 막무가내로 표류하고 있었다. 그러던 중 확실한 가문의 늠름한 기사가 내게 5년 계획을 제시한 것이다.

"흰 드레스 입고 결혼하긴 싫어."

"결혼식은 교회에서 하자."

"하객이 300명이나 되는 건 싫어."

"총 250명쯤 될 거야."

"데코레이션 케이크는 별로야."

"대신 갖가지 색깔의 라뒤레(Laduree : 프랑스 유명 제과점 상표 이름 — 옮긴이) 마카롱 과자를 피라미드로 쌓을게."

이렇게 해서 나는 신부복 대신 인도의 고아 지방에서 기념품으로 사온 곤충 그림이 있는 녹색 사리를 입었다. 드 라 틸레이 가문에 결코 어울리지 않은 복장이다. 벌써 파스텔 톤의 생사(生絲)를 뒤집어 쓴 버섯 떼들이 나를 엑스레이 촬영하고 있다.

"저 싸구려 원피스 좀 봐!"

"함부로 몸을 굴린 데다 머리에는 든 것도 없어."

"우리 장-브누아처럼 착한 남자를 차지하다니 횡재지 뭐야!"

예식이 시작됐다. 나는 전혀 분위기를 눈치 채지 못하고 있는 아버지의 팔에 손을 얹고 나아갔다. 우리 엄마는 울었다. 그의 엄마도 울었다. 그녀들이 우는 이유가 일치하는 것인지 궁금했다. 우리 아버지는 나를 한번 안더니 내 기이한 운명에 나를 내맡겼다.

장-브누아는 부드럽게 내게 미소 짓는다. 별안간 고요한 예배당 안에 내가 제일 좋아하는 노래의 첫 소절이 울려 퍼진다. 분명히 학교 다닐 때 여자친구들과 함께 연주했던 그 노래. 분위기에 너무나 어울리지 않는 노래여서 나는 무슨 곡인지 바로 알아채지 못했다. 데이빗 보위(David Bowie)의 〈Space Oddity〉. 그 순간, 나는 나를 위해 그와 같이 대범한 일을 한 사람은 아무도 없었다는 사실을 깨달았다. 버섯 떼들의 말이 아마 옳은 것 같다. 그날 저녁 레진느 집에 간 건 분명 행운이었다.

장-브누아, 우린 서로 사랑할 거야.

엄마, 고마워요.

chapter **07**

보
르
네
오
의

마
리

일러스트 문소정 작가 세실 이자르

보르네오의 마리

　사람들은 내 어머니를 '마리 할머니'라고 불렀다. 나는 '폐경기의 사고'로 태어난 늦둥이였다. 태어나자마자 나는 이미 고모였고, 오빠는 나를 자기 아들과 함께 무릎 위에서 뛰어놀게 했다. 내가 네 살이 되기 전에 이미 어머니는 마치 파리가 우유 속에 떨어지듯 과부 생활로 퐁당 '떨어졌다'.

　우리는 큰오빠와 새언니의 작은 농가에 살았다. 나를 키워 준 것도 이들 오빠 부부였다.

　어머니는 몸집이 매우 작고 너무 늙었다. 자연스런 노화가 시작되기도 전에 농사에 치여 몸이 이미 쇠약해져 있었고, 치아도 몇 개 남아 있지 않았다. 그리고 늘 검은 옷을 입었다. 어머니의 앞치마 아래로는 두 개의 도관처럼 회색 스타킹이 나란히 나와 있었다. 그림책에서나 볼 수 있는 진짜 할머니였다. 영락없는 할머니. 어머니는 굴뚝 냄새를 풍겼고, 결코 말을 하는 법이 없었다. 갑작스럽게 누군가 말을 걸면, 총기 없는 눈을 굴리며 떨리는 소리를 내기만 했고, 제법 빼곡해 보이는 턱에 난 수염 몇 가닥이 이를 여실히 보여주었다. 어머니와 뽀뽀를 할라치면 나는 숨을 멈추고—수염의 따가운 느낌을 피하려면 숨을 멈추면 된다는 믿음 같은 게 있었다—, 시커면 목에다 아주 재빨리 뽀뽀했다. 어머니는 나를 품에 안고 몸을 떨었고, 그러면서 흡족해 했다.

학교 친구들 앞에서 새언니를 '엄마'라고 부를 때면 죄책감에 가슴이 찢어지는 듯했다. 하지만 어머니는 나와의 사이에 '노화'라는 장벽을 놓아두었다. 더 이상 아무것도 기다릴 것 없는 순간을 기다리는 법. 어린 시절, 어머니의 방, 아무런 꿈도 희망도 없는 그 죽음의 대기실에서 그 어떤 기쁨을 느낀 적은 단 한 번도 없었다.

어머니 나이 일흔다섯—이때 나는 이미 성인으로 성장해 있었다— 에, 어머니 삶을 바꿔 놓은 존재가 불쑥 등장했다.

그것은 다름 아닌, 손녀들 가운데 한 명이 사 온 보르네오의 원숭이였다. 원숭이의 이름은 루스틱. 녀석은 매우 작고 심술궂었고, 처음부터 본색을 드러내었다. 보는 사람마다 물어뜯으려 드는 것이었다. 단 한 사람, 마리 할머니만 제외하고. 마리 할머니는 녀석에게 단연 최고의 친구였다.

녀석은 가느다란 손가락으로 어머니가 수를 놓는 바탕천에서 바늘을 당겼다. 어머니와 루스틱은 옷에 사슴과 말과 기사를 십자 모양으로 수 놓으며, 이른바 기마 수렵을 했다. 그런 순간이면 루스틱은 굉장한 인내

심을 보여주었고, 녀석이 어머니와 너무 다정해 보여, 누군가 다가가 녀석의 등을 쓰다듬어 주어도 될 것 같아 보였다……. 하지만 루스틱이 타고난 물어뜯기 재주를 발휘하는 것은 바로 그런 순간이었다. 루스틱은 주름진 어머니의 손에 바짝 기댄 채, 이빨을 드러내 보이며 눈으로 접근 금지 신호를 보내곤 했다.

어머니는 무엇보다도 녀석이 머리카락을 골라 주는 것을 좋아했다. 루스틱은 노르스름한 백발로 덮인 어머니의 분홍빛 두피에서 아무것도 찾아내지 못하여, 그저 엄지와 검지를 빠는 것으로 만족해야 했다.

삶은 이렇게, 늘 둘이 짝을 이루며, 실에서 바늘로, 사냥 장면에서 후작 부인을 받들어 모시는 시종의 장면으로 흘러갔다. 그러던 어느 날 어머니는 이렇다 할 병명 없는 고통에 잠시 신음하다가 대기 상태를 마감했다. 원숭이는 꽃 장식이 새겨진 침대 다리 하나에 걸쳐 앉아 그 모든 것을 지켜보았다. 도유, 문상객들의 방문, 밤샘…… 그 모든 것을! 어머니가 아닌 모든 이들을 비스듬한 송곳니로 맞이하면서.

그런 다음 원숭이는 어느 누구도 자기 몸에 손을 대지 못하도록 농장의 지붕 위로 올라갔다. 작은 병아리 몇 마리를 데리고서. 병아리들은 우체국 달력에 나오는 노란 미모사와는 조금도 닮은 데가 없는 갈색의 털에, 그나마 가느다란 목에는 털조차 자라 있지 않았다. 새언니가 병아리들을 좋아한 건 요리 재료였기 때문이었다. 마치 소시지 퓌레를 좋아하듯 말이다. 새언니는 저 높은 지붕 위에 루스틱이 자신의 소중한 병아리들과 함께 있는 것을 보고는 비명을 지르기 시작했다. 새언니의 울부짖

는 소리에 루스틱은 병아리들을 3층에서부터 한 마리씩 돌려주기 시작했고, 바닥에 떨어진 병아리들은 푹 익은 딸기처럼 뭉개져 버렸다……. 이어 루스틱은 사라졌다. 지붕에서 무화과나무로, 이웃집에 홀로 선 종려나무로 날아가는 녀석의 물음표 모양의 꼬리가 보였다. 그리고 더 이상 아무것도 보이지 않았다.

족히 한 주가 지나, 비쩍 말라 주눅이 들어 있는 루스틱을 찾아낼 수 있었다. 가족 가운데, 녀석을 보살피고 키우는 일을 감당하겠다는 사람은 아무도 없었다. 나는 특히 더했다. 한낱 원숭이 녀석한테 어머니 사랑을 빼앗겼다는 건 치욕이었으니 말이다! 결국 녀석은 어느 양로원 현관의 예쁜 우리 속에 보금자리를 마련하게 되었다. 그것은 거의 방 세 개짜리 아파트에 버금가는 것이었다. 녀석의 우리는 오랫동안 양로원의 구경거리가 되었고, 사람들은 원숭이가 저지른 일들을 싸구려 농담처럼 주고받곤 했다.

루스틱이 받아들이는 손길은 오로지 단 하나, 굵은 심줄이 드러나 있고 움직임이 굼뜬 주름진 손뿐이었다……. 루스틱은 수놓을 때 바늘을 뽑아내는 재주의 비밀을 영원한 미스터리로 간직했다. 엄숙한 제스처로 상처 주변의 통증을 없애 주는 접골사들처럼, 나의 어머니는 녀석에게 그 재주를 '비밀리에' 전수해 주었던 것 같다.

어느 날, 녀석은 자기 관이 되어 버린 구두 상자 안에 그 비밀을 넣어 가지고 갔다.

킬
트
차
림
의
엄
마

chapter 08

일러스트 아스트리드 코르네 작가 프랑수와즈 쾨포프티

킬트 차림의 엄마

도대체 누가 사진을 찍은 걸까? 스물세 장의 엄마 사진이라니. 금발 (1972), 갈색 머리(다른 해), 계란처럼 부풀린 머리(1965), 퍼머를 한 머리(1982), 통통할 때(1962), 임신했을 때(1977), 말랐을 때(1979)……. 그것도 늘 똑같은 킬트 차림이다. 사진의 뒷면에는 저마다 똑같은 도장이 찍혀 있다. 르프랑 제라르, 사진가, 85, rue de la République, 93260 Les Lilas. 사진에는 날짜가 모두 손으로 기록되어 있었다. 가장 오래된 사진이 1961년도, 가장 최근이 1983년도. 매년 한 장의 사진을 찍은 셈이었다.

이 상자를 열어 보지 않으려고 꾹 참아온 지 8년 반. 이 불쾌한 열쇠에 손을 대기까지 8년 반. 그리고 마르코 앞에서 바보처럼 울지 않으려고, 나 혼자 집에 있는 틈을 찾느라 나흘을 더 참았다. 이런 조바심이 고작

이것을 위한 것이란 말인가? 킬트 차림의 엄마 사진 때문이었다니 정말 믿어지지 않는다!

이 상자 안에서 어떤 보물이나 값비싼 보석을 찾게 될 것이라는 생각은 하지도 않았다. 하지만 기대했던 것은 연애편지 같은 엄마의 어떤 비밀, 아버지의 사진, 혹은 예전에 사귀었던 다른 사람의 사진 같은 것이었다. 리라스에 사는 르프랑 제라르의 서명이 찍힌, 이렇게 누렇게 빛바랜 사진이 아니었단 말이다. 정말이지 파리 서쪽에 살면서 리라스까지 가서 사진을 찍다니 대체 무슨 생각이었던 걸까!

지젤 외할머니는 헛기침을 하며 목소리를 가다듬었다. 분명 매우 언짢다는 신호다.

"네 엄마가 킬트를 입다니? 있을 수 없는 일이야. 니꼴은 늘 바지만 입었다."

"근데, 할머니, 그럼 엄마한테 치마를 사 준 적이 한 번도 없나요? 기숙사에 있을 때 학교 교복은 있었죠?"

"물론 있었지. 하지만 그건 무늬 없는 감색 타이트 스커트였다. 킬트하고는 아무 상관이 없다니까. 자, 화요일에 보자."

외할머니는 불쾌해했을 뿐만 아니라 일방적으로 전화를 끊어 버리기까지 했다.

세상을 떠난 지 8년 6개월이 지나, 어머니는 내게 첫 번째 수수께끼를 내 주었다. 그토록 순수했던 엄마. 다른 사람들은 감히 하지 못하는 소리를 기탄없이 말했고, 요란스럽게 화를 잘 내곤 했지만, 즐거움 또한 감출 줄도 몰랐다. 하지만 지금 내가 발견한 건 명확한 사실이었다. 대체 내게 선물처럼 남겨 준 이 비밀은 무엇이란 말인가? 스코틀랜드인 애인이 있었는데 아무도 알지 못했던 걸까? 병환으로 두 달 만에 세상을 떠났지만, 엄마가 자신의 문서들을 모두 정리할 시간은 있었다. 만일 정말 숨기고 싶었다면 사진들을 없애버리지 않았겠는가? 어쨌든 엄마가 1983년까지 사진을 찍었다는 것은, 아빠를 만난 뒤에도 이 장난질을 계속했다는 의미다. 사랑하는 엄마, 니꼴, 그렇다면 엄마는 아빠한테는 그다지 충실하지 못했다는 거야?

금요일 아침. 여느 때와 같다면, 외할머니는 점심시간까지 미용실에 계실 것이다. 침착하게 외할아버지 마르셀에게 전화를 했다.

"니꼴이 킬트 입은 걸 봤다면 기억이 날 게야. 하지만 청소년 시절부터 쭉 바지만 입으려 들었던걸. 바보 같았지. 제 엄마를 닮아 다리가 얼마나 늘씬한데. 할머니한테 물어봐 줄까?"

"아, 그러진 마세요. 엄마의 상자 열쇠를 찾아냈거든요. 아마 고등학교 때 남자친구 중 누군가와 관련된 건가 봐요. 이 얘기는 꼭 비밀로 지켜 주세요, 아셨죠?!"

할아버지의 단점이다. 누군가와 비밀을 지켜야 된다는 생각이 드는 순간부터, 할아버지는 고지식할 정도로 무조건 그 비밀을 지켜주려 한다. 만일 내가 할아버지한테 비밀을 지켜달라고 하면서 총을 들고 은행을 털려 든다면, 알리바이를 대서라도 나를 보호해 주실 분이다.

　그렇다면 장-자끄 외삼촌은? 엄마는 삼촌과는 나눌 말이 전혀 없다
고 단언하곤 했지만 어쨌든 외삼촌은 엄마의 남동생이다.

　"솔직히 말이다, 네가 킬트 얘기를 나한테 하다니 꽤 재미있는걸. 왜
냐하면 전에, 변장하고 참석하는 파티에 가면서 내가 스코틀랜드 복장을
했더니, 그걸 보고 네 외할머니가 얼마나 화를 내시던지……. 그렇게
화내시는 건 처음 봤어. 정말 난리였지……."

　"그래서 다른 걸로 바꿔 입었어요?"

　"아니, 절대로. 무지무지 비싸게 빌린 거였거든. 토요일 저녁이었고
시간도 많이 늦었는데, 그저 엄마가 괜히 난리친다고 넥타이에 양복 차
림으로 갈 수 있었겠어?"

　"그럼, 외삼촌은 우리 엄마가 킬트 입은 걸 본 적 있어요?"

　"아니, 전혀 기억이 나지 않는걸. 네 엄마는 늘 바지만 입었잖아. 그리
고 외할머니가 네 엄마에게, 너무 뚱뚱해서 주름치마는 어울리지 않는다
고 하는 소리를 종종 들었거든. 근데 왜 그런 걸 나한테 묻는 거니?"

　"아무것도 아니에요. 그냥요. 나중에 설명 드릴게요. 아무튼 고마워
요."

　장-자끄 외삼촌은 더 이상 묻지 않았다. 외삼촌은 결코 고집을 부리
는 법이 없다.

사진작가 르프랑 제라르는 이제 더 이상 사진관을 운영하진 않았지만 여전히 같은 주소에 살고 있었다.

　"예, 접니다. 근데 어떻게 아시고 전화를 주셨죠?"

　"실은 우연히 어머니 유품 중에서 사진들을 발견했어요. 르프랑 씨께서 어머니 사진을 많이 찍으셨더라고요. 귀찮게 해 드려서 죄송합니다만, 어머니는 8년 전에 돌아가셨어요. 근데 이 사진들을 보니…… 저로서는 좀 당혹스러워서요. 23년 동안 정기적으로 르프랑 씨 사진관에 가곤 하셨으니, 분명 제 어머니를 기억하실 것 같은데……. 킬트 차림으로 사진 찍으러 오던 여자분, 뭔가 기억나는 게 없으세요?"

　"잠깐만요, 어머님 성함이 혹시 마르틴느?"

　"아뇨. 니꼴이에요."

　"아, 맞아요. 니꼴. 아, 당연히 기억하죠. 하지만 나보다는 내 전처한테 물어보는 게 좋을 것 같군요. 전처가 아가씨 어머니의 영어 선생이었소. 둘이 서로 잘 통했지요. 찾기 쉬울 거요. 지금 라 가렌느-콜롱브에 삽니다. 디즈네프 조제프를 찾아보세요. 두 번째 남편 이름입니다."

　"여보세요?"

　"안녕하세요. 실례지만 르프랑 씨 통해 얘기 듣고 전화 드려요. 저는 니꼴 라포르주 씨의 딸입니다."

　"세상에나! 니꼴 라포르주의 딸이라니……."

"여보세요?"

"아, 예, 실례했어요. 정신 좀 가다듬고요. 하도 오래된 일이라. 내가 좀 이상하게 보일지 모르겠지만, 아가씨 전화가 정말 반갑네요. 내가 몸을 움직이기가 힘든데, 우리 집으로 와 줄 수 있나요?"

아파트는 약간 곰팡이 냄새가 났지만 생각했던 것만큼 낡진 않았다. 나는 부엌 찬장 꼭대기에 있는 꽃병을 간신히 꺼냈다. 꽃병은 사용하지 않은 지 오래된 것 같았다. 자끌린은 남편을 잃고 5년째 혼자 살고 있었으며, 아이를 가져 본 적이 없다고 했다. 예측 불허로 다리 상태가 좋질 않아 근처 빵집조차 가기조차 힘들었고, 따라서 그녀의 사회적인 삶은 매우 제한되어 있었다. 그러니까 그냥 혼자 산다는 얘기다, 굳이 말하자면…….

"그럼 무슨 얘기부터 시작할까요? 사진은 갖고 있죠?"

나는 둥근 테이블 위에, 찍혀진 연도순으로 사진을 한 장씩 펼쳐 놓았다.

"세상에나! 아가씨 엄마는 정말 너무나 예뻤어."

그리고 얘기가 시작되었다. '성녀 같던 니꼴', '임기응변이 얼마나 뛰어났던지', '정말 세련됐었지' ……

이런 말들은 아무런 절차 없이 별안간 엄마를 성스런 존재로 만들어 버리는 듯했다. 그런 모든 찬사에도 불구하고, 끔찍스럽게도 존경할 만한 나의 돌아가신 어머니는 킬트를 입고 수년간 아버지에게 부정한 짓을 했으며, 이 사실을 알고 감정이 상하거나 한 사람은 아무도 없단 말이다. 젠장, 아무리 그렇다고 해도, 결국 이런 소리를 내뱉고 말 증인이 한 사람쯤은 있을 것이다. '창녀 같으니라고' 혹은 '사진관의 컴컴한 암실에서 네 엄마가 킬트 차림으로 네 아버지를 오쟁이 진 남편으로 만들다니!'

산타 수비타(Santa Subita : 별안간 성녀가 된 사람을 가리킨다 — 옮긴이), 각오해, 엄마! 자끌린이 나한테 모두 다 얘기해 줄 테니까.

"사실 아가씨 어머니가 중학교에 입학했을 때가 바로 내가 막 교사 일을 시작했을 때였어요. 처음에 니꼴은 영어에는 거의 신경도 쓰지 않았죠. 그러던 어느 날, 그러니까 아마 니꼴이 열네 살이었을 거예요. 손에 편지 한 장을 들고, 꼼짝 못하게 묶여 칼 앞에 놓인 암탉 같은 표정을 하고는 나를 찾아왔어요. 편지는 모두 영어로 쓰여 있었는데, 니꼴은 자기가 읽은 것을 한 마디도 이해하지 못했던 거죠."

"그게 어떤 편지였어요?"

"아, 이런 편지는 정말이지 평생 살면서 받는 일이 흔치 않죠. 한 번 혹은 두 번 정도…… . 너무 오랫동안 간직된 비밀을 담고 있거나, 대개는 회한으로 괴로워하는 내용의 편지 말이에요. 니꼴이 모르는 사람이 보내 온 편지였어요. 그분 성함이 던컨, 아들이 별안간 폐암으로 죽었다고 했답니다."

니꼴처럼.

"설마, 엄마한테 숨겨진 아버지가 있었다는 얘기를 하시는 건 아니겠죠?"

"맞아요. 정말 감쪽같이 숨겨져 있었죠. 아가씨 어머니가 정말 수십 차례나 은밀히 외할머니 입을 열게 하려고 시도했지만 도통 먹히지가 않았으니 말입니다. 간단히 던컨 씨 얘기로 돌아가죠. 아들이 죽기 전에, 아마 파리에 열네 살 정도 된 자기 아이가 있을 거라고 하더랍니다. 던컨 씨는 자기 아들을 땅에 묻고서, 이내 그 빈자리를 메우려고 아들이 말한 아이에 대해 자세한 내용들을 알고 싶어졌던 거죠. 정말 당연한 게 아니겠어요?"

"그럼 이렇게 사진을 찍을 생각을 한 게 선생님이세요?"

"아, 아뇨, 니꼴이에요. 아가씨 어머니는 이 얘기를 정말 무척 심각하게 받아들였어요. 그 나이에 자기 부모와 말이 잘 통하는 경우는 드물죠. 그러던 차에 새로운 아버지의 존재를 알게 됐으니 눈이 번쩍 뜨인 거죠. 특히 이미 돌아가신 터라 비난하거나 할 것 없이 완벽한 존재로 생각할 수 있었던 거예요. 니꼴한테 킬트를 선물한 건 나였어요. 그리고 제라르는 사진들을 선물했죠. 니꼴은 그 사진들을 던컨 씨가 세상을 뜰 때까지, 아마 1982년까지는 꾸준히 보냈어요. 처음에는 내가 니꼴의 알리바이를 만들어 주기도 했죠. 집에는 내가 벌을 줘서 토요일 오후에 몇 시간 동안 남아 있게 됐다고 한 거예요. 내 경우는……, 어머니가 일찍 돌아가셨고, 아버지는 아무도 못 말리는 술꾼이었죠. 별안간 진짜 아버지가 등장한 니꼴이 부러웠어요. 그렇게 니꼴을 도와주면서 나도 즐거웠죠."

모녀 얼굴 맞혀 보기

"그런데 지젤 외할머니는 어떻게 그 스코틀랜드 사람을 알게 된 건가요?"

"편지에 적힌 걸로 봐서는, 프랑스가 독일에서 해방되던 그 무렵에 흔히 벌어지던 평범한 얘기였어요. 남편이 감옥에 갇혀 있는 동안, 지젤이 1~2년 동안 파리에 정착해 살던 이 사내에게 완전히 반해 버린 거였죠. 아가씨의 할아버지가 돌아온 뒤에도 지젤은 계속 그 사내를 만났어요. 심지어 결혼을 생각하기도 했어요. 하지만 지젤이 임신하자 사내가 생각을 바꿨죠. 그는 지젤더러 이혼하고 자기한테 오되, 다섯 살 된 큰아들은 두고 오라고 했어요. 결국 그는 마치 도둑질하다 들킨 듯이 스코틀랜드로 돌아가 버렸고, 이후로 아무런 소식도 주지 않았죠. 그런데 이 모든 얘기는 분명 사실과는 약간 다른 부분이 있을 거예요. 그때 이후로 그 편지를 다시 본 적이 없으니까."

"그럼, 그 사실을 아는 건 선생님뿐인가요?"

"아가씨 어머니가 이 얘기는 우리끼리만 아는 게 좋겠다고 했어요. 처음에는 이렇게 놀라운 사실을 자기 부모한테 숨긴다는 것을 재밌어했지만, 시간이 흐르면서 그렇게 혼자 알고 있는 게 낫다고 생각하게 됐죠. 우선 그런 사실이 밝혀지기라도 하면 아가씨의 외할아버지가 무척 힘들어지실 테고, 아무튼 니꼴로서는 라포르주 교수의 딸로 남는 편이 편했던 거죠. 교수 딸로서 나아갈 수 있는 여러 갈래 길이 펼쳐져 있었으니 말이죠."

어머니의 외도에 관한 얘기를 듣게 될까 봐 겁을 먹었었다. 그런데 우연찮게 알게 된 것은 지조 없는 외할머니에 관한 것이었다. 킬트 차림의 딸을 절대 보고 싶어하지 않던 지젤 할머니. 왜냐하면 자신이 그 스코틀랜드인과 얼마나 깊이 사랑을 나눴는지를 떠올리게 되니까. 모두 당연한 얘기다. 외할머니는 그 어떤 과오를 안고 살았지만, 내 어머니는 언제나 성녀였다. 이렇게 알게 된 이상, 나 혼자라도 지젤 할머니, 비난받아 마땅한 할머니의 외도 그리고 나의 양심과 타협을 시도해야 하지 않겠는가?

일요일 저녁까지 생각을 하고 또 하면서 저녁 10시 30분이 되기를 기다렸다. 이렇게 늦은 시각이면 곤궁에 빠졌다고 할머니를 불러내기에 적당하다.

"여보세요!"

"할머니, 나탈리예요. 지금 할머니네 집 길 끝에 있는 카페데 나오실 수 있으세요? 무척 중요한 일이에요. 마르셀 할아버지한테 말하지 마시고요. 지금 정말 고약한 사건에 휘말려서, 할머니한테 1만 유로를 빌려야 할 것 같아요."

"5분만 기다리렴. 그리 가마."

이렇게 엄청난 거짓말을 했으니 할머니가 나를 내일 아침까지 기다리게 할 리 없다.

할머니는 15분 뒤, 여느 때처럼 완벽한 차림새로 도착했다. 할머니는 빠른 걸음으로 내 쪽으로 다가오더니 차분한 내 얼굴에 안심을 하시는 듯했다. 하지만 테이블 위를 한번 보고는 심각한 눈빛이 되었다. 테이블 위에는 어머니 사진들이 모두 펼쳐져 있었다.

할머니는 기가 꺾인 표정으로 자리에 앉았다. 그리고 이렇게 애원했다.

"내 얘기 좀 들어 보렴. 네 엄마가 모든 걸 알고 있지 않나 종종 의심이 들곤 했단다. 하지만 그렇다고 해서 우리 집에서 2분 거리밖에 안 되는 여기서 이렇게 좍 펼쳐 놓을 건 없잖니. 왜냐하면……."

주문을 받으러 온 종업원 때문에 외할머니의 말이 끊겼다. 할머니는 고백을 할 수밖에 없다는 것을 납득한 듯했다. 기분이 언짢을 때 나오는 쉰 목소리로, 항상 보르도 산 포도주만 들던 할머니가 드디어 가장 수치스러운 얘기를 풀어 놓을 참이다.

"위스키 한 잔 주세요."

chapter 09

소
녀
의

성
(城)

엄마와 딸

일러스트 로렌느 나바로 작가 비르지니 미쉘

소녀의 성(城)

"엄마, 살려 줘요! 나 좀 꺼내 줘요! 고약한 사람이 나를 지하 감옥에 가뒀어요! 여기서 날 꺼내 줘요! 살려 줘요, 도와주세요!"

작은 소녀는 카펫에 무릎을 꿇고 앉아 가늘고 높은 목소리로 외쳤다. 소녀는 헝겊으로 된 작은 인형의 머리를 격렬하게 흔들었다. 오렌지 빛깔의 털실로 된 머리카락이, 살구색 천 위에 그려진 인형의 커다란 두 눈을 연신 쓸어대고 있었다. 마분지로 된 성의 큰 탑에 유일하게 나 있는 창문 밖으로, 분홍빛 레이스에 둘러싸인 인형의 상체와 팔을 끄집어내어 둔 참이었다. 첨두 아치의 틈새를 통해 소녀는 인형과 함께 자기 팔을 겨우겨우 집어넣을 수 있었던 것이다.

소녀의 얼굴에, 작은 인형을 대신하여 고통을 표현하는 온갖 표정들이 나타났다.

혼자였다! 소녀는 누가 자기 소릴 듣지 않나 하는 염려 없이 마음껏 놀이를 즐길 수 있었다. 열 살이나 되어서도 인형 놀이를 한다고 야단맞을 염려도 없었다. 친구 궨돌린 말이 옳았다. 어른들, 특히 엄마들은 때로 귀찮게 달라붙는다. 정말이지 왜 그런지 궁금하다……. 아무튼 지금은 야호! 드디어 엄마를 떼어놓는 데 성공했다!

소녀의 손이 더듬더듬 무언가를 찾는다.

아, 그래, 원형 길로 이어지는, 발사나무로 된 작은 계단 아래에 있어.

소녀는 플라스틱으로 된 사람 모형을 일으켜 세운다. 그리고는 넋이 나간 듯한 표정을 짓는다. 소녀는 고개를 좌우로 흔든다.

"궨돌린, 어디 있니? 어디에 있는 거야? 네가 보이지 않는구나!" 하고 소녀는 불안에 떨리는 목소리로 소리친다.

"엄마, 여기, 큰 탑 안에 있어!"

"우리 딸, 불쌍한 것, 어떻게 하면 너를 거기서 빠져나오게 할 수 있을까? 뜨리스떼씨르 영주님이 모든 문을 이중으로 잠가 놨구나. 성 안의 모든 열쇠꾸러미를 갖고 있는 건 그 영주님뿐이야. 너도 잘 알잖니……."

소녀의 눈썹이 한쪽은 악상 그라브 (accent grave : è처럼 e나 a, u 위에 놓이는 불어 악센트—옮긴이), 다른 한쪽은 악상 떼귀(accent aigu : é처럼 e 위에 놓이는 불어 악센트—옮긴이)를 이루며 맞붙어 있었다. 안타까워하면서 맥이 빠진 표정, 그리고 단조로운 톤으로 길게 끄는 목소리. 소녀는 무릎을 긁는다. 플라스틱으로 된 엄마가 튀어 오른다. 아빠의 튼튼한 성 안에 있는 가짜 포석으로 된 뜰 위에 떨어지는 둔탁한 소리.

그런데 말이다. 아직도 돌아오지 않았다. 아래 내려가서 장을 봐 온다고 했는데 말이다. "걱정 마, 오래 걸리지 않을 거야."

그 사이에 퀜돌린은 엄마에게서 자기를 멀리 떼어놓으려던 마법의 숲속에 사는 고약한 난쟁이들을 죽였고, 어슬렁거리며 혼자 남아 있던 늑대를 잡아 성의 지하 감옥에 가둬 버렸다. 하지만 뜨리스떼씨르 영주님은 이를 틈타 퀜돌린도 가둬 버렸다. 결국 퀜돌린은 바깥에 있는 엄마에게 미리 알리지도 못하고, 아무것도 할 수 없는 상태로 그곳에 홀로 갇혀 있었다.

다행히도 퀜돌린은 잔꾀가 밝았다. 귀여운 회색 들쥐가 퀜돌린에게 비밀 통로를 가르쳐 준 것이다. 비밀 통로는 성의 큰 탑까지 올라가는 숨겨진 층계였다. 하지만 운명은 그녀의 편이 아니었다. 모든 문이 닫혀 있고, 창문 하나만 열려 있는 것이다.

근데 왜 엄마가 안 오지? 엄마가 내려간 지 시간이 꽤 오래됐단 말이다.

"엄마, 나한테 좋은 생각이 있어요. 마구간지기로 일하고 있는 줄타기 곡예사 플릭-플락을 찾아보세요. 그 아저씨라면 분명히 나를 구해 줄 방법을 찾아낼 거예요."

소녀는 입을 다문다.

이젠 정말 곰곰이 생각을 해 봐야 한다. 왜냐하면 정말 걱정이 되기 시작했으니까.

소녀는 오른손에 쥐고 있던 헝겊 인형을 놓아 버린다. 그리고 큰 탑 속에 반쯤 파묻혀 있던 팔뚝을 어렵사리 꺼낸 뒤 가까운 창문으로 몸을 기울인다. 소녀의 손에는 파란색 긴 치마에 끝이 뾰족하고 번쩍거리는 금속 조각으로 되어 있는 모자를 쓰고 금빛의 작은 막대기를 손에 쥔 플라스틱 모형이 줄곧 쥐어져 있다. 창 아래 거리에는 엄마를 닮은 그림자조차 보이지 않는다. 소녀는 다시 무릎을 꿇고 앉는다.

"안녕하세요, 플릭-플락. 빨리요, 우리를 도와줘요!" 하고 소녀는 줄타기 기사 인형을 고르기도 전에 엄마 목소리를 흉내내어 말한다.

소녀는 눈동자를 굴리며 열심히 찾는다. 상자 안에는 팔과 다리, 창, 망토가 한 무더기 뒤엉켜 있다.

여기서 어떻게 찾지? 내가 좋아하는 인형을 어떻게 찾지?

엄마가 부풀려 말했던 것 같다. 금방 온다더니, 엄마가 나간 지 정말
한참된 것 같다는 생각이 들기 시작한다. 이제 곧 기다리는 게 지겨워질
것 같다.

이웃집 벨을 눌러 볼까?

'누가 찾아와도 절대 문 열어 주면 안 된다.'

어쨌거나 이웃집에는 애들이 없다.

마침내 소녀는 녹색 시동을 손에 쥐었다. 모자에 달린 플라스틱 깃털
과 허리띠에 어울리는, 끝이 뾰족하게 쳐들린 노란색 구두 때문에 고른
것이었다. 모자는 구두만큼이나 꼭대기가 뾰족하다.

그런 구두를 신고는 줄타기하기가 힘들 거란 생각이 든다. 엄마와 함
께 서커스를 본 적이 있다. 아마 지난 일요일이었던 것 같다. 소녀는 서
커스를 무척 재미있어 했다. 보면서 무척 겁이 나기도 했지만, 곡예사
가 줄에서 떨어질 리 없다고 안도하게 되자 유쾌한 스릴감을 느낄 수
있었다.

"퀜돌린, 곡예사 아저씨가 떨어지지 않게 줄 위에다 발을 꼭 붙이는
거 봤니? 꼭 무용수 같아. 안 그래?"

곡예사의 신발이 어떻든지 간에, 곡예사가 줄에서 떨어지지 않도록 소

녀가 알아서 할 것이다. 그러니 신발이 무슨 상관인가?

"안녕하세요, 마담 두와젤 드 라 뚜르, 우아하신 부인을 위해 무엇을 해드릴까요?"

엄마는 언제 돌아올까? 정말 집으로 돌아오기는 하는 걸까?

소녀는 가짜 포석이 깔린 뜰의 판자 위로 플라스틱 시동(侍童)을 톡톡 친다.

"자, 줄타기 줄을 찾아와요. 1분도 허비하면 안 돼요." 하고 궨돌린은 주근깨 난 얼굴 위로 불안스런 표정을 짓고 말한다.

이렇게 늦다니, 정상이 아니다.

무슨 일이 일어났을 수도 있다. 분명히…… 이렇게 늦는 걸 보면.

어쩌면 집 앞 슈퍼마켓으로 가는 익숙한 길로 가지 않고 다른 길로 가다가, 큰 건물들 사이로 나 있는 미로 같은 작은 골목에서 길을 잃어버렸을지 모른다.

어쩌면 시계를 잃어버렸거나 건물 현관 열쇠를 잃어버려서 귀가하는 이웃집 사람을 기다리고 있을지도 모른다.

어쩌면 슈퍼마켓 바닥에 엎질러져 있는 식기 세척제 위로 미끄러졌을지도 모른다. 부주의한 손님이 자기도 모르게 세척제를 떨어뜨렸는데, 엄마가 그 위를 밟아 대자로 넘어지고, 머리가 바닥에 쿵 하고 부딪혀 병원 응급실로 실려 가 확인해 보니 기억 상실증에 걸린 것이다.

아니면, 그러다 이미 죽었을지도 모른다. 아무도 없이 혼자 병원에서.

그렇다면 제일 가까운 병원은 어디지?

하던 생각을 접고, 소녀는 색칠이 된 두 개의 모형 인형을 큰 탑 가까이 가져다 놓는다. 소녀는 두 손으로 큰 탑과 원형 길 사이를 구두끈으로 연결하려다가 이내 자신의 생각이 틀렸다는 것을 깨닫는다. 큰 탑에는 끈을 묶을 만한 곳이 없었다. 구두끈 한쪽은 성곽의 요철에다 묶을 수 있지만, 나머지 한쪽은 어디다 묶는담?

혼자 살아나가려면 이제 어떻게 해야 할까?

배가 고파 굶어 죽을 것이다. 홀로 내버려진 소녀를 신경 써 줄 사람은 아무도 없을 것이다.

별안간 자물쇠에서 열쇠 소리가 난다.

초조해지기 시작하면서 쭉 기다려온 소리. 엄마가 돌아왔음을 알려주는 소리. 다행이다. 이제 막 위에서 슬슬 배고프다는 신호가 오기 시작했으니까.

소녀는 엄마가 금방 올 거라는 걸 알고 있었다. 어쨌든 엄마는 어딜 나가도 꼭 들어온다. 어떤 일도 일어날 수 없다. 위험한 일 따윈 없다. 소녀는 물론 잘 안다. 한 번도 식기 세척제를 가지고 한 상상 따위를 믿어 본 적이 없다.

소녀는 문으로 달려간다. 문이 열리는 순간 소녀가 소리친다.

"엄마, 무슨 간식 사 왔어요?"

chapter 10

3
세
대

일러스트 **나탈리 폴리아끄** 작가 **실비 무아장**

3세대

모든 일이 동시에, 같은 날에 일어났다. 앙드레 할머니의 입원. 뇌혈관에 문제가 생겨 자칫하면 생명이 위험할 뻔했는데, 다행인지 불행인지 기억만 상실된 것이다. 아녜스가 주머니에서 찾아낸 종이쪽지. 그녀가 전혀 알지 못하는 사내의 손이 슬쩍 미끄러뜨려 놓은 쪽지였다. 하지만 아녜스는 남편 조르주가 전혀 모르기만 한다면 그 미지의 사내가 다정하고 유능한 사람이기를 바라고 있었다. 그리고 피. 오로르의 배에서 생겨난 핏방울. 오로르의 수줍은 첫눈물. 머릿속이 불안감과 놀라움으로 가득한 오로르는 팬티를 얼룩지게 만든 이 작은 주홍빛 별을 엉덩이 사이에 꼭 가둬 두려 하고 있었다.

세 여자 ─ 아직 스스로는 완전하게 확신할 수 없지만 이제 오로르도 이 집단에 속한다고 뽐낼 수 있다 ─ 는 하얀 병실 안에 앉아 있었다. 각자의 상황이 만들어 준 포지션에 제각기 골몰한 채. 난방기가 과도하게 돌아가는 이 비인격적인 병실 안에는 살균제와 땀이 뒤섞여 시큼한 냄새가 물씬했다.

앙드레는 반신불수 상태였다. 45도 각도로 세워진 침대 위로 상체가 일으켜져 있었고, 기력 없는 다리는 쭉 길게 펼쳐져 있었으며, 눈꺼풀은 닫혀 있고, 입은 살짝 벌어져 있었다. 푹 주저앉은 턱과 주름투성이의 잿빛 안색, 최근 X레이 진단을 위해 발랐던 젤로 인해 곤두선 짧은 머리카락 등과 더불어, 예전에는 마치 에메랄드로 장식된 우아한 조가비 같았던 널찍한 귀가 이제 더 이상 제 구실을 못하는 늙고 병든 코끼리를 닮은 듯했다.

아녜스는 잠시 커다란 엄마 곰 침대에 오르는 소녀 부끌도르(라 퐁텐느의 우화 《부끌도르와 곰 세 마리(Boucle d' Or et trois ours)》에 등장하는 주인공. 엄마 말을 듣지 않고 숲 속에 간 금발의 곱슬머리 소녀 부끌도르가 아무도 없는 곰 세 마리 집에 들어가 이것저것 만지작거리다 잠이 든다는 내용 — 옮긴이)가 된 것처럼, 침대 가장자리에 왼쪽 엉덩이를 대고 오른쪽 다리는 허공에 둔 채, 불편하고 불안정한 자세였음에도 불구하고 가능한 한 자리 차지를 하지 않으려 애쓰면서 어머니의 손을 만지작거렸다.

옛날에 그토록 아름다웠고 그토록 멋쟁이였던 여인은 이제 잔인하고 적나라한 시간에 내동댕이쳐져 있었다. 어머니 얼굴의 미미한 움직임, 살짝살짝 찌푸리는 모습 등을 유심히 지켜보며, 통증의 그늘이 드리워지는 것은 아닌지 살펴보았다. 아네스는 아무것도 걸쳐져 있지 않은 어머니의 다리를 유심히 살펴보았다. 닫힌 창문을 뚫고 들어온 태양이 혈관을 강렬한 빛으로 적시면서 흩어져 있는 뻣뻣한 금빛의 털 몇 가닥을 반짝거리게 했다. 등에서 묶게 되어 있는 블라우스를 입혀 놓았는데, 너무 짧아서 창피하게도, 다시금 아이의 그것처럼 털 없이 맨들맨들해진 음부가 드러나 보였다. 그런데 아이와의 비교는 여기서 멈춰야 한다. 사실 아네스의 눈에 제일 먼저 띄는 것은 주름이었다. 얼굴에 줄이 그어진 듯이 가로로 깊이 새겨진 그 주름들, 가슴 사이의 골, 반점 있는 야윈 손에 난 십자 주름들, 이제는 너무 헐렁해진 옷처럼 피부가 늘어나 웅덩이처럼 처진 팔꿈치, 그리고 특히 목. 목에 있는 주름은 아네스 자신도 무척이나 두려워하는 것이었다.

앙드레가 사십대에 접어들 무렵, 일곱 살이었던 아네스는 어느 날 자기 엄마에게 경솔하게 이런 말을 내뱉은 적이 있었다.

"엄마, 목 좀 봐! 꼭 암소 목 같아!"

그때 이미 엄마의 목에는 눈에 띌 정도의 주름이 있었던가? 지금 아네스는 그렇지 않았을 거라고, 자잘한 세부적인 것들이 아이들의 눈에 띈 것뿐이었다고, 저절로 나온 아이의 반응이었기에 아무런 악의가 없었던 것이라고 생각했다. 하지만 아무리 그렇다 해도, 그때 엄마는 무척 기분이 언짢아 보였다. 앙드레가 다소 유치한 제스처를 하며, 턱을 앞으로 쭉 내밀고 현관의 거울 앞에서 목의 여린 피부를 마사지하며 이렇게 말했던 것을 기억한다.

"쟤가 뭐라고 한 거지? 암소라니! 대체 어디가 그렇다는 거야? 엄마는 그런 주름 따윈 없어!"

정확하진 않지만 대강 그런 내용의 말이었다. 아녜스는 그처럼 터무니없는 소리를 했던 것을 지금도 여전히 끔찍하게 뉘우치고 있었다. 분명코 어머니는 더 이상 그 일을 기억하지 못할 것이다. 하지만 그녀는 기억한다. 마치 자기가 어머니를 공개적으로 모욕하기라도 한 것처럼.

당시의 엄마 나이에 이르자, 아녜스는 자기도 엄마처럼 되어 버린 건 아닌지, 엄마처럼 늙었는지 궁금해졌다. 곧 마흔세 살이다. 꽃다운 나이, 라고 어떤 이들은 말했다. 온갖 화려함 속에서, 여전히 신선하고 탱탱하게, 아름다움이라는 가느다란 실 위에서 여자가 활짝 피는 나이. 다만 자신을 어떻게 가꿔야 하는지, 노화의 시작을 알리는 표시들을 요령껏 가려 주는 것이 무엇인지 알고 시도해 보았어야 한다. 아녜스는 젊음을 간직하는 법을 알고 있었고, 그 방법을 딸에게 주입했다. 크림? 미용? 균형 있는 식생활, 과식은 금물. 하지만 그녀는 두려웠다. 남자들의 시선이와 닿을까 봐 끔찍하게 두려웠다. 혹은 더 이상 그들의 시선이 머물지 않을까 봐. 그녀에게, 그녀의 얼굴에, 그녀의 몸에. 그녀를 보는 순간 그들의 눈에서 빛나는 그 광채를 더 이상 보지 못할까 봐. 모두 그런 것은 아니지만, 많은 사내들이 너무나 감추기 힘들어하는 욕망의 불꽃. 그리고 그녀가 너무도 잘 알아차리는 그 불꽃. 그녀의 두려움은 사실 바로 이런 소릴 듣는 것이다. "젊었을 땐 예쁜 여자였어." 그러니까 이제는 예쁜 암소가 되어 버렸다는 의미…….

한 번도 기도한 적 없던 그녀가 조용히 소리 내어 말한다.

"오, 신이시여, 엄마의 의식이 다시 돌아오기를. 다시 엄마의 포근한 가슴에 꼭 기대 잠드는 어린 소녀가 되고 싶습니다. 40년 전으로 되돌아가고 싶습니다. 엄마가 나를 보호해 주고, 엄마가 나의 모델로 남아 있기를. 엄마 없이 어떻게 내가 이 삶을 계속 살아나갈 수 있겠어요?"

그리고 별안간 눈가에 솟구치는 눈물.

오로르는 높은 팔걸이와 발판이 갖춰져 있는 까만 인조 가죽으로 된 커다란 안락의자에 몸을 쭈그리고 앉아 있다. 그녀는 두 개의 작은 자두 같은 빈약한 가슴이 수치스럽다. 그 가냘픈 가슴 위로 두 손을 십자로 겹쳐 둔 채 넓적다리를 서로 꼭 꼬아 두고 있었다. 행여나, 모르니까. 혹시 모를 그…… 상황에 대비하기 위하여. 하지만 그녀는 얼마 동안 버텨 내야 할지 알지 못했다. 벌써 그녀들이 병실에 와 있은 지 한 시간이 더 되었다. 이웃 병실에서 드문드문 들려오는 거친 숨결에 귀를 기울이고 있자니 가슴이 에이는 듯하다. 복도에서 간병인들이 외치는 소리도 들려온다. 한 간호사가 자기 옷에다 볼일을 본 어떤 할아버지를 향해 날카롭게 소리를 지른다. 대체 보숑 씨인지, 토르숑(Torchon : 걸레라는 뜻의 프랑스어 ─옮긴이) 씨인지 꼬숑(cochon : 새끼돼지를 가리키는 단어로, 더럽다는 의미를 담고 있다 ─옮긴이) 씨인지! 절대 오로르는 저런 직업 따위는 갖지 않을 것이다. 하지만 대체 저 간호사는 왜 그렇게 소리를 질러 대는 것일까? 할아버지 연세가 얼마나 되는지, 또 자기가 할아버지 나

이가 되면 어떨지는 생각해 보지 않는 걸까? 할아버지, 그러니까 남자 입장에서 젊은 여자가 똥을 닦아 준다고 할 때 얼마나 수치스러울지 생각해 보기는 했을까? 헌데 말이지, 할아버지가 아직도 남자이긴 한 걸까? 아직 발……기가 될까? 오로르는 머릿속에 떠오른 단어를 차마 입 밖에 내지 못했다. 학급의 한 사내 녀석이 오로르를 뚫어져라 쳐다보며 내뱉었던 말. "너를 보면 발……기가 돼." 다른 아이들은 미친 듯이 웃어댔고, 새빨개진 오로르의 얼굴을 보고 녀석은 터무니없는 소리를 덧붙여 말했다. 이 멍청한 아이들은 모두 하나같이 그녀가 녀석의 말을 이해하지 못할 거라 생각했다. 그녀는 녀석이 분명 자신을 비웃는 거라고 생각했다. 그녀는 자신의 모습이 맘에 들지 않았다. 우스꽝스러울 정도로 빈약한 젖가슴에다 뚱뚱한 몸매 그리고 들창코. 그해 여름, 엄마가 오로르의 옆모습을 사진 찍어 모든 사람들에게 보여줬을 때는 신경 발작까지 일으켰었다. 그때 처음으로 그녀는 엄마를 '머서리' 취급했다. 물론 엄마 귀에 들리게 하진 않았다. 아네스는 오로르가 때로 자신의 경박한 행동이나 짧은 치마, 3분마다 꺼내 드는 립스틱 등으로 인해 자기를 무척 미워할 수 있다는 것을 의심조차 하지 않았다. 자기 딸이 그런 모든 것들을 정말 꾹 참고 있다는 것을 생각해 보기는 하는 걸까? 모든 여자아이들이 춤추자는 제의를 받는 파티에서 오로르는 미운 오리 새끼였다. 엄마가 '네 친구들'이라고 부르는 그 여자애들은 경악스럽다는 듯이 이런 소리를 즐겨 해 댔다.

"정말이야? 아직도 생리를 안 한다고? 야, 정말 병원에 가 봐야겠

다!"

이젠 한다. 때마침. 결국 한단 말이다. 하지만 하필이면 오늘이라니 이보다 최악의 순간은 없을 것이다. 그토록 이 날을 기다렸건만, 입 밖에 내어 말하기에 너무나 어울리지 않는 시기에 터지다니. 하필이면.

오로르는 할머니의 다리를 쳐다본다. 가냘픈 피부 아래로 파란색의 정맥류가 보인다. 가슴이 에는 듯한 의문이 생겨난다. 왜 피는 고여 있을 때면 이런 색깔을 띠는 걸까? 착시 현상 같은 걸까?

너무 오래 참고 있다가는 음부에서 흐르는 이 액체 때문에 엉덩이가 자주색과 푸른색으로 얼룩지는 건 아닐까?

오로르는 더 이상 참고 있을 수가 없다. 조심스레 몸을 일으키며, 행여나 의자를 더럽힌 건 아닐까 살짝 의자를 내려다본다. 아까 보숑 할아버지─부숑! 그래, 뒤집어 놓은 병처럼 흐르는 자궁의 출혈을 멎게 하기 필요한 게 바로 부숑(bouchon : 병마개를 뜻하는 불어─옮긴이) 아닌가! ─를 돌보던 간호사의 성난 눈초리를 떠올리며, 앉았던 자리에 슬그머니 시선을 던져 본다. 휴우, 아무 흔적도 없다. 다만 청바지가 여느 때보다 더 몸에 달라붙는 듯했다. 엄마는 그녀가 의자에서 일어서는 것을 보지도 못한 채 창문을 뚫어져라 응시하고 있었다. 마치 할머니를 구해 줄 천사라도 나타나길 고대하는 듯했다. 하지만 엄마가 그런 것을 믿던가? 오로르는 언젠가 자신도 죽게 되리라는 것을 잘 알고 있었다. 죽음은 두려운 대상이 아니었다. 심지어 때로는 죽음을 바라기도 했다. 언젠가 더 이상 행복을 믿지 않게 되는 날이 있지 않겠는가?

오로르는 병실 안에 있는 화장실로 들어가 문이 잘 잠겼는지 두 번이나 확인한 뒤 팬티를 들여다보았다. 심각한 상태는 아니었다. 청바지에는 세 번 정도 빨간 붓칠을 한 흔적이 남아 있었을 뿐. 지저분한 갈색에 끈적거리는 그것을 싫은 느낌 없이 휴지로 닦은 뒤 변기에 버렸다. 그리고 나서, 간단하게나마 종이를 찬물에 적셔 옷을 닦았다. 피는 늘 찬물로 닦아야 한다고 엄마가 가르쳐 주었다. 아니, 그런 것을 알려준 게 분명 엄마였다고 생각한다. 그렇지 않으면 여자들에게 요긴한 지식을 누구한테서 얻었겠는가? 아마도 할머니? 아니면 어디선가 주워들은 얘기? 잠시 오로르는 범죄자들은 이런 지혜를 모르는 것 같다는 생각을 해 본다. 그러다 웃음이 나온다. 상황에 어울리지 않는 이 웃음소리가 새어나지 않도록 참는다. 누군가 들을까 싶어서. 입술을 깨물어야 할 판이다. 웃음이 미친 듯이 터져 버릴 참이었으니. 그녀는 울지 않으려고 웃었다. 별안간 '엄마!' 하고 부르고 싶어졌다. 하지만 참았다. 엄마는 다른 일, 특히 지금은 생각에 골몰해 있단 말이다. 결국 그녀는 다리 사이에 임시 방편으로 휴지를 두툼하게 만들어 생리대처럼 끼워 놓고 다시 옷을 입는다.

오로르가 다시 병실에 들어서자, 아네스는 재빠르게 읽고 있던 쪽지를 숨긴다. 그날 하루 동안 벌써 다섯 번 혹은 여섯 번째 읽고 있는 것이었다. '당신은 아름답습니다. 당신을 알고 싶습니다.' 거창한 시적인 표현 따위는 없는 간결한 표현이었다. 하지만 여기에는 직설적이라는 장점이 있다. 모호함이 없다. 아네스는 그런 것을 좋아한다. 회의 동안 그녀의 오른편에 있던 사내, 그녀가 거의 아는 바 없는 그 사내가 무언가를 쓰고 있는 그녀를 지켜보며, 의자를 일부러 뒤로 빼어 앉아 테이블 아래로 그녀의 다리를 보려 했다. 그녀가 자기 쪽으로 고개를 돌리도록 입을 열었고, 그녀의 입술이 움직이는 것을 보며 맑고 침착한 그녀의 목소리에 매료되었을 게다. 기억을 더듬어 보려 한다. 그녀를 덥석 물었다가 사라져 버리는 짙은 파란 색깔의 눈이 떠오른다. 그리고 결혼반지를 끼지 않은—하지만 반지를 끼고 안 끼고는 아무런 상관이 없다. 그녀 자신도 끼지 않으니—길쭉한 손, 그리고 광대뼈 위에 있던 그 점. 분명 매력적이었다. 하지만 이번만큼은 아무것도 눈치 채지 못했다. 전혀 감을 잡지 못했다. 그러나 상황을 흥미진진하게 만드는 건 바로 감쪽같이 건네 준 이 편지가 아니던가? 아녜스는 이미 남편이 아닌 이 사내의 품에 안긴 자기 모습을 상상하고 있었다. 그녀의 몸이 흥분한다. 오로르가 앉아 있다 일어선 의자에 가 앉는다. 딸은 이제 창가에 서서 한숨을 쉬고 있다. 지루한 게다. 아녜스는 눈을 감고 한껏 상상의 나래를 펼친다. 그러다가 별안간 용수철처럼 튀어 오르듯 몸을 일으킨다. 몇 시지? 오로르를 무용 수업에 데려다줘야 한다. 지금 출발하면 늦지 않을 거야.

아녜스는 어머니의 얼굴에 키스를 하며, 이렇게 속삭인다. "내일 다시 올게요. 푹 쉬세요." 그리고 오로르에게 가자고, 소리 내지 말고 조용히 나오라고 신호를 보낸다.

앙드레는 움직이지 않는다. 사실 깨어 있었으나 피곤했다. 입을 연다고 해서 남들이 이해할 수 있을 법한 말이 나올 거라고 확신할 수가 없었기에 차라리 입을 다물고 있던 것이었다. 그리고 특히 자기 딸의 근심 어린 시선을 마주하고 싶지가 않았다. 이 상태로도 충분히 힘들기에 그런 눈빛은 사양하고 싶었다. 그녀는 계속 자는 척했다. 그리고 병실의 문이 다시 닫히고서야 눈꺼풀을 올리고 하얀 천장을 응시했다.

오로르와 아녜스는 복도에서 달렸다. 아니, 달린 건 아녜스뿐이었다. 오로르는 10미터 정도 뒤처진 채 아녜스를 따라오고 있었으니까. 시무룩한 표정을 하고 고개를 숙인 채 좁은 보폭으로. 아녜스는 끊임없이 뒤를 돌아보며 야단을 쳤다.

"서둘러야지! 수업 앞부분을 놓치잖니! 대체 뭘 하는 거니?"

오로르는 승강기 앞에 쭈뼛쭈뼛 멈춰 섰다. 그녀의 엄마는 내려가는 승강기 호출 버튼을 누르며 발을 동동 굴렀다. 오로르는 결국 입을 열고 이렇게 말했다.

"엄마, 무용 수업에 가기 싫어요. 나, 사실은……."

그러자 어머니의 병 때문에, 그 미지의 사내에 대한 견딜 수 없는 욕망 때문에, 병원에 오지 않은 남편 조르주 때문에, 자기를 따라오지 않고 뭉그적거리는 오로르 때문에, 지치고 낙심하고 힘겨워하고 당혹스러워하던 아녜스는 난생 처음으로 딸의 따귀를 때리고 말았다.

일러스트 **아망딘느 지로도** 작가 **레샤나** 옮

원초적 본능

오늘 나는 가장 친한 친구를 죽이고 싶었다. 솔직히 말하면, 방금 해가 진 오늘 하루 동안 적어도 한 번 이상 그런 마음이 들었다. 추리 소설로 가득 채워진 내 머릿속에서는 몇 가지 시나리오가 왔다 갔다 했다. 맨손으로 목을 조르거나, 칼로 여러 차례 복부 찌르기 혹은 독살을 해서 서서히 죽어 가는 모습을 차갑게 쳐다보기. 이 불쌍한 루이즈가 아무런 의심도 않는다는 생각을 하면서도, 고백하건대, 부끄러운 생각조차 들지 않았다.

루이즈는 두 달 뒤면 결혼한다. 그녀는 늘 모든 것을 관습에 따라 하는 편이다. 따라서 그날을 대비해 어느 날 오후에 어머니 클레르와 쇼핑을 하기로 했다. 나는 결혼식 증인으로서 이 모녀간의 특별한 순간을 함께 나누도록 특별히 초대되었다. 파리 지역의 가장 근사한 호화 상점에 들르고, 살롱 드 떼의 테라스에서 점심 식사를 하고, 신나게 이 옷 저 옷 입어 보는 이 모녀의 목가적인 여정을 나는 하나도 빠짐없이 지켜봐야만 했다. 그녀들은, 여성은 어떠어떠해야 한다는 것을 가르치고 배우는 암캐들의 성공적인 모녀 관계를 과시하고 있었다.

코메디-프랑쎄즈 앞에서 모두 모였다. 이어 포부르그-생-또노레 가(街)로 향했다. 클레르의 쇼핑부터 시작되었다. 클레르는 세련되면서 현대적이고, 비싸지만 지나치지 않은 가격의 메이커를 선호했다. 클레르의 이미지에 어울리는 완벽한 조화다. 이미 오래 전부터 찜해 둔 옷이 있었으나 딸의 의견을 기다렸다. 클레르가 탈의실에서 나왔다. 인디언 식으로 구슬을 수놓은 소매 없는 베이지색 블라우스와, 같은 톤의 헐렁한 치마 차림에, 별다른 장식 없는 챙이 넓은 모자를 쓰고 있었다. 루이즈는 마음에 든다는 표시로 엄마를 품에 안았다. 이처럼 감동적인 가벼운 포옹이 이루어지는 약 2분 동안, 나는 가장 큰 치수의 새파란 통 드레스를 입고 나오는 엄마 앞에 선 내 모습을 상상해 보았다.

이어서 결혼식 행렬에 입을 의상을 고르기 시작했다. 행렬을 이룰 아이들은 연녹색의 옷을 입기로 되어 있었다. 연녹색은 축하연이 벌어질 프로방스 지방 특유의 색깔이다. 루이즈의 부모는 그곳에 온 가족이 모이는 집을 소유하고 있었다. 그 집에 자주 초대되어 가 봤기 때문에, 나는 그 집이 방방마다 행복의 숨결을 풍기고 있다고 보증할 수 있다. 그곳에서 경험한 살갑고 근사했던 순간들은 셀 수조차 없을 정도다. 우리 가족에게는 그런 집이 없다. 일단 크리스마스 때 모이는 것부터가 쉽지 않고, 모였다 하면 주먹다짐이 벌어지니, 우리 가문의 대소사를 축하하는 장소 따위에 생각이 미칠 리 만무했다. 그도 그럴 수밖에 없다. 첫 번째 결혼에서 이미 다섯 명의 아들을 얻고 마흔 살에 다시 풋내기 젊은 여자와 결혼한 아버지의 막내딸이라고 할 때, 가족의 화합을 위해 할 수 있는 역할은 솔직히 전혀 없다.

점심 식사 시간이 될 때까지만 해도 살인 충동에 젖어 들지는 않았다. 타인의 행복을 약간 훔쳐 누리는 것으로 만족해하면서, 마음에 들지 않는 그 조화로운 분위기에 완벽하게 어우러진 척했다. 그런 조화가 내 마음에 들지 않는다는 것을 나는 너무 잘 안다. 여왕 루이즈의 어머니는 우리를 어느 살롱 드 떼에 데려가겠다고 했다. '우리 딸이 겨우내 학교 수업이 없는 수요일이면 종종 코코아를 즐겨 마시던 곳이야'라고 하면서. 고독했던 내 어린 시절의 습관처럼, 내 머릿속은 '자동 조정 장치' 기능을 선택했다—입으로는 줄곧 웃음꽃이 피어나는 대화에 참여하면서도, 내 생각들은 더 이상 이 세계 속에 있지 않았다. 내 안에 갇힌 채, 나는 더욱 편하게 빠져들 수 있는 질투라는 본능에 몰입되어 있었다. 클레르와 루이즈는 계속 수다를 떨고 있었다. 이 순간이 서로 함께하는 특별한 시간이라는 데 더욱 신이 난 듯했다. 그녀들의 말은 더 이상 들리지 않았다. 마치 텔레비전의 음을 소거한 것처럼. 하지만 모녀 관계는 더욱 더 끈끈해 보이기만 했다. 그녀들은 함께 있어 좋아했지만, 나는 그녀들 사

이에 있어 괴로웠다. 나는 온전히 혼자였다. 저속한 행복에 겨워 있다고 생각하며 멸시하던 나머지 그들 모녀가 미워지기 시작했다.

나는 기만하고 있었다. 나 자신에게 거짓말을 하고 있다는 것을 잘 알고 있었다. 하지만 불가피하게 나란 존재와 내가 함께 한 지 33년, 그것이 나를 누그러뜨리는 최선의 방법임을 알고 있었다. 나 자신을 돌이켜보는 것은 이제 필수적인 과정이 되어 있었다. 악의와 부정을 극한으로 몰고 가는 것은, 이런 위기 상황에 맞서 나 자신을 구원할 수 있는 유일한 방법이었다. 샐러드를 실컷 먹어 대며 입술을 깨물었고, 피상적인 관심사나 갖고 있는 이 두 가련한 여자들은 실존으로부터 과잉보호된 존재이며, 실제 이 모녀의 정은 오로지 저능하고 부질없는 실존에 기반하고 있다고, 쉴 새 없이 되뇌고 있었다. 마치 이러한 나의 혼돈이 이 비속한 세상에서 차지하고 있는 내 자리를 정당화하기라도 하듯이. 디저트 타임이 되자, 나는 눈에 띄지 않는 증오 덩어리가 되어 있었고, 무엇이든 물어뜯을 태세였다. 실제 그러지 못하는 대신 나는 모카 과자를 게걸스럽게 먹었다.

일주는 계속되었다. 이번에는 신부 드레스를 고르기 위한, 그날 하루의 가장 긴 여정이었다. 이 상점 저 상점을 거닐며 점점 내 발을 죄어드는 신발의 시련도 그렇지만, 루이즈가 매번 새 드레스를 갈아입을 때마다 폭발하고 싶은 내 욕망을 감추기란 너무 힘이 들었다. 루이즈는 원래가 우유부단했고, 결혼식에 입을 드레스를 고르는 것이니만큼 그 망설임은 더욱 복잡 미묘해졌다. 어떻게 하면 요란하지 않으면서 적당히 세련될 수 있을까, 신랑과 잘 어울리려면 어떻게 해야 할까, 그날 날씨는 어떨까, 어떻게 해야 마음이 편안할까, 밤새 춤을 추려면 어떤 신발이 편할까……. 간단히 말해, 드레스 고르기, 우리가 맞서야 했던 그 코르네유의 딜레마(Corneille dilemma)에 따라붙는 필수 조건은 끝이 없었다. 나는 나의 광기가 어느 순간에라도 노출될 수 있음을 알고 조심하였다. 드레스를 바꿔 입을 때마다 아낌없이 신중한 의견을 내어 주고 있으면서도 내 머릿속 한편에서는 내 어머니한테서 나올 법한 온갖 소리들이 들려 왔다. 넌 가슴이 없잖니, 네 어깨는 딱 벌어졌어, 임신한 뒤로 엉덩이 살이 장난이 아니구나, 그런 차림은 헤픈 여자처럼 보인다……. 그런가 하면 클레르는 완벽한 어머니의 역할을 고수하고 있었다. 근사한 날을 앞둔 딸이 너무나 아름다워 보여 눈물을 흘릴 정도로 감동하고 있었다. 그것은 마치 딸을 주의 깊게 가르치며 함께 보내 온 지난 삶에 대한 대관식과도 같았다. 루이즈는 완벽한 여성성을 보이며 섭정하던 엄마에게서 이상적인 딸이라는 왕관을 수여받고 있었다. 나는…… 집행 유예중인 라바이야끄(Ravaillac : 프랑스 앙리 4세의 살인자 — 옮긴이)였다.

하루가 끝나 갈 무렵, 구토증이 났다. 루이즈는 마침내 어느 상점에서 매력적인 드레스를 찾아냈고, 자기네 집안 여자들이 파티를 위해 들르곤 하는 가게에서 모자를 맞추었다. 나는 상점이 문을 닫을 때까지 거기에 함께 있고 싶지 않았다. 루이즈 곁을 떠나면서 내 눈에 약간 눈물이 글썽

했던 것 같다. 혼란스러워하는 내 모습을 보고 루이즈는 걱정이 되는 모양이었다. 나는 서툴게 설명을 해 대며, 이렇게 특별한 날에 대한 감동 때문이라고 변명했다. 가능한 짧게 작별 인사를 하려는 순간 클레르가 별안간 나를 붙잡고는 품에 안았다. 종종 자기가 딸에게 하던 것처럼. 그 순간 나는 마음이 편안해지기까지 했다. 그녀는 별다른 말은 하지 않았고, 혼란스런 생각의 물결에 젖어 멀어져 가는 나를 그냥 내버려두었다.

집으로 돌아오자, 브리짓 존스처럼 〈All by myself〉를 부르며 파자마 차림으로 잔뜩 취하고 싶어졌다. 엄마와 겪었던 장면들이 조각조각 내 머릿속으로 마구 밀려들어왔다. 부질없이, 애지중지 귀여움 받고 자란 딸처럼 행동하고 싶은 것은 결코 아니었지만, 엄마를 클레르에게 비교하지 않을 수가 없었다. 나는 루이즈를, 자기가 거머쥐고 있는 행운을 의식하지 못하는 나약한 존재로 여겨 왔나. 늘 그녀를 약간 멸시하고 있었지만 경기는 끝났다. 내가 아무리 어떻게 해 보았자 승리자는 언제나 그녀였다. 처음부터 우리들 각자에게 동일한 기회가 주어지지 않는 실존의 명증성에 맞서 싸울 수 없다는 것을 깨달았다.

기계적으로 응답기 화면을 톡 눌렀다. 기계음이 들렸다. "두 개의 메시지가 있습니다." 잘못 걸려온 전화 한 통과 이중창을 파는 회사의 시장 조사 전화일 게 뻔하다.

"첫 번째 메시지입니다. ―여보세요? 나 루이즈야. 방금 엄마랑 헤어졌어. 근사한 하루였지, 안 그래?"

그래, 그렇고 말고. 이 순간에 그런 소리가 나오다니, 얼마나 대단히도 멋진 하루였는지, 지금 이가 갈린다. 모히또 세 잔을 연달아 원 샷 할까 생각 중이거든!

"그치? 하지만 네가 없었다면 달랐을 것 같아. 사랑한다. 친구야."

"삑. 삑. 두 번째 메시지입니다." 다시 스피커폰이 말했다.

"여보세요? 엄마다. 드레스를 하나 샀단다. 루이즈 결혼식 때 입고 갈 옷으로 말이다. 우리 둘이 똑같은 드레스를 입으면 좋겠구나. 새파란 색이고, 허리 부분이 헐렁헐렁하니까 입으면 편할 게야. 그래서 네 것도 똑같은 걸로 샀어. 임신하고 아직 체중이 그대로라 큰 사이즈를 골랐다. 사랑한다, 우리 딸."

나는 두 메시지를 지우고 저녁 식사를 준비하기 시작했다. 겨우 5분 만에 부정적인 생각들이 모두 사라져 버렸다. 뵈프 부르기뇽(브르고뉴 지방의 요리로, 양파와 적포도주로 양념한 쇠고기찜 — 옮긴이)을 준비하기 위해 꺼내 놓은 두 개의 당근 사이에서, 나는 여전히 루이즈와 엄마의 '사랑한다'라는 그 한 마디가 내 머릿속에 울리고 있음을 깨달았다. 나머지 모든 것을 지워 버린 그 한 마디. 나의 질투심을 무너뜨린, 사랑이 담긴 두 개의 메시지. 그래, 나는 사랑 받고 있었다. 갖가지 실수에도 불구하고. 하지만 어쨌든 사랑하는 데도 실수가 있는 법이지 않은가.

사실 바에는 모히또가 한 방울도 남아 있지 않았다. 나는 수화기를 들어 엄마에게 전화를 걸었다. 교환할 수 있도록 영수증을 갖고 있었으면 좋겠다고 말할 것이다. 그리고 지난 크리스마스 선물로 준, 가까운 헬스 클럽 회원권을 잘 쓰겠다고 말할 것이다.

미
소
속
의
시
선

chapter 12

일러스트 **리즈 밧살르** 작가 **엘리자베쓰 핀토**

미소 속의 시선

아망다는 찻집에 들어서면서 숨을 헐떡였다. 양손에는 꾸러미가 가득했다. 그녀는 온종일 가족을 위한 선물을 찾아 생또노레 가를 걸어 다녔고, 자기 것으로도 별난 물건을 몇 가지 산 뒤였다. 그녀는 테이블에 앉아 차와 녹차 과자를 주문한다.

한 사내가 종이 수선화가 들어 있는 일본식 꽃병이 장식된 작은 대나무 테이블에 앉아 있다. 그녀는 이내 그의 손을 알아본다. 길고 두툼한 손, 섬세함과 남성성이 뒤섞여 눈에 띄지 않을 수 없는 그 손을.

그는 찻잔을 들고 있다. 점원이 그에게 엷은 보라색의 히드 뿌리가 덮인 하얀 바위처럼 생긴, 팥이 든 과자류를 막 갖다 주었다.

그녀는 그를 쳐다본다. 그의 움직임을 하나하나 지켜본다. 문득 6년 전이 떠오른다. 그 시절을 가만히 회상해 본다. 그녀는 법학과 학생이었고 진로 문제로 고민하고 있었다. 그 무렵 부모는 이혼하며 특히 돈 문제로 다투고 있었다. 그녀로서는 자신의 세계가 모래성처럼 무너지는 듯했다.

어머니는 수년간 공들여 수집했던 아시아 예술품들을 모두 팔기로 결심했다. 예술품 상인들에게 광고를 해 두었고, 집에서 판매장을 열었다.

아망다는 슬픔과 원한이 뒤섞인 마음으로 어머니를 지켜보았다. 박탈당하는 느낌이 들었다. 그녀의 뿌리와도 같은 그 물건들이 모두 떠나 버릴 터였다. 그녀가 어렸을 적, 어머니는 각 물건들에 얽힌 이야기와 자기 가족의 이야기를 들려주곤 했다. 아망다는 마치 자기 왕국을 잃어버린 공주가 된 것 같은 느낌에 사로잡혔다. 그날, 각 물건에는 가격표가 붙여져 있었다. 물건 판 돈은 어머니가 혼자 살아가는 데 쓰일 생활비였다.

아망다의 어머니는 한 번도 일을 한 적이 없었다. 따라서 이 물건들을 파는 것 말고는 다른 해결책을 생각지도 않았다. 그녀에게 물건 하나하나는 몇 달간의 부질없는 사치를 보장해 주는 담보물이었다.

아망다는 눈물로 뿌옇게 흐려진 눈으로 거실 의자에 앉아 있었다. 그리고 절대 어머니와 같은 일을 겪지 않을 거라고 맹세했다. 그녀는 아버지가 미웠다. 아버지는 다른 여자 때문에 자기와 어머니를 내버렸다. 그녀는 모든 남자들을 미워할 준비가 되어 있었다.

그를 본 것은 바로 그 무렵이었다. 어머니의 수집품들을 보러 온 방문객들 가운데 한 사람이었다. 그는 물건들을 하나하나 관찰하였고, 그의 손길에 닿는 모든 것을 쓰다듬는 듯했다. 아망다는 그의 몸짓에 매료되어 슬픔을 잊어버렸다. 그는 가격표를 쳐다보지 않았다. 그렇게 탈이며

함이며 온갖 물건들과 대화를 나누고 있었다. 심지어는 머리핀과도. 고개를 돌려 소녀와 시선이 마주치자 그는 소녀에게 미소를 지었고, 소녀는 안도감을 느꼈다. 몸속에 있던 분노가 날아가 버리는 듯했다. 그에게 자신의 과거를 기꺼이 내맡기고 싶었다. 마치 상처 주지 않을 너그러운 손에 맡겨 두는 느낌이었다. 그는 모조리 샀다. 단 하나도 남기지 않고. 그녀는 만족스러웠다. 그 모든 물건이 함께 있을 테니 말이다.

그 뒤로 그녀는 그를 다시 보지 못했다. 하지만 그의 미소는 그녀의 기억 속에 각인되어 있었다. 그녀는 자기 인생의 한 페이지가 넘어갔다는 것을, 뒤돌아보지 말고 자기 길을 나아가야 한다는 것을 깨달았다.

언젠가 이 사내의 힘과 고요함을 갖게 되면 좋겠다고 생각했다.

오늘 아망다는 종이 수선화들이 꽂힌 일본식 화병으로 장식된 작은 대나무 테이블에 앉아 그를 바라보고 있다. 그 모든 선물 꾸러미들과 가격표들과 더불어 혼란스런 기분이 들었다. 다시금 정신이 산만해진다. 그가 자기 쪽을 향해 고개를 들지, 그녀를 알아볼지 궁금하다.

하지만 그가 그녀를 알아볼 리 없다. 그녀도 그의 정체를 알지 못한다. 자신이 그에 대해 알고 싶어하는지조차도 확실하지 않다. 그런데도 그에게서 퍼져 나오는 그 존재감, 그녀가 갖고 있지 않은 그 어떤 것에 그녀는 다시금 매료된다.

차를 한 모금 마신다. 녹차가 든 과자를 맛보던 순간 그는 사라져 버렸다.

아망다는 어머니를 생각한다. 파리의 거리를 엄마와 함께 누비고 다니며 온갖 상점에 들르며 가졌던 즐거움을 생각한다.

모녀는 특히 모자를 써 보는 것을 좋아했고, 탈의실의 거울 앞에 비친 모습을 보고 미소 짓는 것을 즐겼다. 그녀들은 은밀히 통했고, 아망다는 너무나 매력적인 어머니 앞에서 감탄하곤 했다. 그처럼 별 것 아닌 자잘한 순간들은 인생이라는 리본 위에 드문드문 흩뿌려져 있는 행복의 순간, 가장 소중한 순간이었다.

아망다는 어머니가 미소 뒤로 고통스런 과거를 감추고 있다는 것을 금방 알아차렸다. 거울에 비친 어머니의 미소를 보면서, 어머니의 소녀 적 모습을 상상했다. 분명 어머니는 예쁘게 보이기를 좋아하고, 예쁜 모습을 망가뜨리지 않으려면 절대 울지 않아야 한다는 것을 아는 소녀였을 것이다.

아망다의 어머니는 아름다움과 예술을 사랑했고, 새장 속의 새처럼 소장하고 있는 예술품들 속에 갇혀 있었다. 그녀는 세상을 있는 그대로 알고 싶어하지 않았다.

아망다의 아버지는, 너무나 아름답지만, 상상의 박물관 속에 살며 현실의 삶에 대해서는 전혀 알지 못하는 이 여인 곁에 살며 외로움을 느꼈다. 아버지의 퇴근 시간은 점점 늦어졌다. 그러던 어느 날, 그는 집으로 돌아오지 않았고, 그들의 삶은 뒤죽박죽이 헝클어져 버렸다.

아망다는 이해했고, 용서했다.

그녀는 대나무로 된 작은 테이블에 앉아, 찻집 창에 비친 자신의 모습을 관찰한다. 자기 얼굴에서 어머니의 모습을 발견하며 평온함을 느낀다. 그녀는 자유롭다. 자유롭고 아름답다.

아망다는 찻집 문을 민다. 그가 보도 위에 있다. 그녀를 바라본다.

chapter 13

일러스트 **알렉상드라 뤼쉬** 작가 **오렐리 세르파티 - 베르코프**

어느 해 10월 10일

우리 사이의 모든 것은 가벼운 꼬르륵 소리, 뱃속에 든 비누 거품처럼 인지할 수 없는 어떤 것에서부터 시작되었다. 당신은 아직 모르고 있었다. 세포 증식이 진행 중이었으나, 당신은 태평하게 뛰고 춤추며, 편편하고 예쁜 당신의 배에는 그다지 관심을 두지 않았다.

혹독한 겨울이 시작되던 무렵이었다. 당신은 커다란 숄로 몸을 가렸고, 큰 소리로 웃으며, 과학 따위에는 신경 쓰지 않았다. 당신은 답변으로만 사랑한다고 말하는 사내를 사랑했다. 당신은 그를 모성애가 가득한 눈으로 쳐다보았고, 당신의 화사함을 그에게 한껏 내 주었다.

당신은 정말 과학이란 것에는 무신경했다. 하지만 규칙적이던 주기가 별안간 멈춰 버리자 정신이 번쩍 나는 듯했다. 거울 앞에 우뚝 서서 살며시 T셔츠를 올리고는, 마치 한 번도 그렇게 들여다본 적이 없는 것처럼 당신의 배를 관찰했다. 배 위에 손을 얹었고, 처음으로 나는 어루만지는 손길이 무엇인지를 느꼈다. 약국에서 미친 듯이 웃어 대던 당신을 기억한다. 당신은 약사에게 "소변이 닿으면 색깔이 변하는 거 있죠?" 하고 물었고, 약사는 "아, 네, 물론이죠. 피티아 여사제(아폴론의 신탁을 전하는 여사제—옮긴이)를 찾는군요!" 하고 배꼽이 빠져라 웃으며 대답했다. "신탁을 물으려는 거잖소?"

당신은 욕실로 들어가 문을 잠갔다. 차가운 타일 위에 쭈그리고 앉아 약간 떨고 있었다.

그 몇 분간이 당신에게는 영원처럼 여겨졌다. 모래 한 알 한 알이 무거운 철침처럼 떨어지는 듯했다. 색깔이 환한 파란색으로 변하자마자 당신은 더 이상 몸을 떨지 않았다. 엄마가 될 거라는 사실을 안 지금, 더 이상 추울 일이 없었으니까. 당신은 내게 말했다. "그러니까, 네가 있는 거구나." 그리고 약간 훌쩍이는 소리가 들려왔다. 아마 당신은 울었던 것 같다. 이어 몸을 일으키고 전화번호를 눌렀다. 잠시 주저하다 떨리는 목소리로 그에게 말했다.

"한 시간 뒤, 보-자르 카페에서 보자. 중요한 얘기야."

당신은 티백을 만지작거렸고 티스푼 둘레로 티백의 실을 둘둘 감았다. 그리고 열을 센 뒤 그에게 말하기로 결심했다.

그의 반응은 당신을 매우 아프게 했다. 당신의 위가 굳어지고 당신의 심장이 몰상식한 손에 놓인 박엽지처럼 구겨지는 듯한 느낌이 들었다.

"확실한 거야?"

"응."

"그러니까 내 말은, 그 애가 내 아이 맞냐고."

나는 수천 개의 탬버린이 시끄럽게 울려 대는 소리에 귀가 멍해지고 마비되는 줄 알았다. 그 소리는 당신의 혈관에서 피가 뛰고 있는 소리였다.

"모르겠는걸……. 예상치 못한 일이잖아. 당신은……, 낳을 생각이야?"

당신은 그에게 느린 동작으로 출구를 가리켰다.

"원하지 않는다면 가도 좋아."

당신의 목소리는 몹시 지쳐 있었다. 하지만 당신은 결코 상처 입은 새 같지 않았다. 당신의 날개는 거대했고, 어느 누구도 꺾을 수 없었다. 당신은 애정 어린 말 한 마디조차 기대하지 않았다. 하지만 당신이 모르는 게 있다. 아직 형태조차 갖추지 못한 나는 투명한 사지로 당신을 한껏 껴안았다. 당신은 나를 원했고, 나 역시 당신을 어머니로 원하고 있었다.

당신은 그가 작별 인사도 없이 출구로 향하는 것을 쳐다보았다. 낡은 주크박스에서 엘비스 프레슬리가 울고 있었다. 그는 내가 태어난 해 죽게 될 것이었다. 운이 나쁘게도 그와 나는 서로 만날 일이 없는 셈이다.

당신의 배가 둥글게 커졌고, 나는 따뜻한 곳에 내 자리를 만들었다. 당신의 양수 안에서 숨을 멈추고 우유와 꿀로 영양을 공급받았다. 때로 당신이 포도주를 두 모금 마실 때면 알코올 증기에 둘러싸였고, 당신이 필립 모리스를 필 때면 약간 연기에 차 있기도 했다. 우리는 긴 대화를 나누곤 했다. 당신의 말에 동의하면 나는 발길질을 한 번 했고, 그렇지 않을 때면 두 번 했다. 가끔 당신 목소리가 아닌 다른 이들의 목소리가 들려왔다. 당신의 음성보다 더 낮거나 더 날카로운 목소리들. 우리의 옆구리 위로 호기심 어린 손들과 놀라워하는 손들이 느껴졌다.

무엇보다 내가 좋아하는 것은, 모타운(Motown)이나 다이아나 로스(Diana Ross), 더 슈프림즈(The Supremes), 포 탑스(The Four Tops), 마빈 게이(Marvin Gaye) 그리고 특히 스티비 원더(Stevie wonder)의 음반에 맞춰 당신과 춤추는 것이었다. 당신이 〈Isn't she lovely?〉를 반복해 틀어놓을 때면 나는 말 그대로 기뻐서 어쩔 줄 몰랐다. 리듬 앤드 블루스와 소울 음악이 무엇인지를 배웠고, 진지하게 나의 첫 영어 수업을 들었다. 'Isn't she lovely, Isn't she wonderful, Isn't she precious, less than on minute old, I never thought through love we'd be, Making one as lovely as she, But isn't she lovely made from love.' 스티비의 하모니카 소리는 내게 최고의 기쁨을 선사했고, 나는 탯줄이 있다는 것도 잊어버린 채 손가락을 따닥거리며 또박또박 박자를 맞췄다.

점점 날씨가 더워졌고, 나는 무게가 나가기 시작했다. 당신은 내게 긴 치마와 향기가 나는 인디언 드레스를 덧입혔다. 대중교통 수단을 이용할 때면 사람들이 벌떡 일어서 당신에게 자리를 내어 주었고, 깨지기 쉬

운 도자기처럼 당신을 조심스럽게 아껴 주었다. 여자들은 이해한다는 듯이 감동 어린 시선으로 당신을 쳐다보았다. 이제 당신은 그녀들의 경쟁자가 아니라, 그녀들이 아낌없이 조언을 내어 주는 딸이나 자매가 되어 있었다.

필수적인 일화처럼 계속되는 발작 같은 당신의 불안한 심리 상태를 나는 줄곧 지켜보았다. 다행스럽게도 그 발작은 결코 길지도, 지나치게 어둡지도 않았으며 언제나 똑같은 주인공에 유사한 시나리오였다. 당신과 그, 그의 부재, 당신의 고독, 그가 우리를 원하지 않았다는 생각에 희뿌애지는 눈, 낙담과 분노. 결국 당신은 그 모든 것을 손등으로 툭 쓸어 버렸고, 내가 살짝 간지럼을 태울 때면 자연스런 미소로 응답했다. 그리고 모퉁이에 있는 필름 보관 상영소에 들러 우디 앨런의 영화를 보곤 했다. 특히 그의 영화 《애니 홀(Annie Hall)》을 좋아했고, 로만 폴란스키 (Roman Polanski) 감독을 좋아했지만 《로즈매리 베이비(Rosemary's Baby)》만은 좋아하지 않았다.

당신은 내가 여자아이일지 남자아이일지 알지 못했다. 당시에는 아직 아이의 성별을 밝혀 주는 초음파 검진이 없었다. 만일 당신이 그렇게 하고자 했다면 놀랄 일이다. 하지만 당신은 그런 것들에 상관하지 않았고, '배추 속에서 태어난 사내아이'든 '장미 속에서 태어난 계집아이'든, 바라는 바에 따라 더 짜게 혹은 더 달게 음식을 먹으라는 돌팔이들의 말에 귀를 기울이지 않았다. 모든 이들이 이 문제에 대해 관심을 가지고 의견을 내놓았다. 어떤 이들은 당신이 아들을 가진 것이라고 했다. 왜냐하면 당신의 볼이 장밋빛이고 배가 위로 볼록하니까. 또 어떤 이들은 당신의 눈이 밝게 빛나기 때문에 딸을 가진 것이라고 장담했다. 한번은 길거리에서 이름 모를 사람이 당신 아이가 어떤 성격일 것이라고 예언하는 일까지 있었다.

어느 날 아침, 큰길을 따라 산책하고 있는데, 여자 같은 분위기를 풍기며 커다란 통굽 구두를 신고 몸을 살랑살랑 흔들고 걷던 사내가 당신 앞에 멈춰 섰다. 그리고는 구역질난다는 표정으로 당신을 뜯어보더니, 이어 성미 급한 손가락질로 당신의 배를 가리키며 이렇게 예언했다. "당신 아들은 소아성애도착자일 거요!"

성모 마리아에게 내려진 것 같은 이 같은 예언에, 당신은 많이 웃었다. 나도 그랬다.

어느 가을날 밤, 당신은 멋진 상을 차렸다. 친구들이 저녁을 들러 왔고, 당신은 당신과 당신의 어머니만이 비법을 알고 있는 프랑스 남부 맛이 가득한 이런 저런 요리들을 정성들여 준비했다. 당신과 친구들은 많은 얘기를 나누었고, 친구들은 출산이 임박했느냐고 물었다.

"응, 조만간."

"혹시 오늘 밤이라면 우리가 함께 있어 줄게!"

문턱에서 당신은 진통이 왔다는 것을 말하지 않았다. 아주 평온하게 친구들에게 작별 인사를 한 뒤, 당신의 오빠, 그러니까 현상계 내 미래 외삼촌을 불렀다.

"곧 나올 것 같아."

차 안에서 나는 이제 정말 때가 됐구나 생각했다. 그 어두운 주머니가 점점 좁게 느껴졌다. 정말이지 이제 자궁 안에서 보낸 9개월의 삶에 마침표를 찍어야 하는 순간이었고, 나는 이 사실을 당신에게 알리고 있었다. 당신은 포르-루와얄 산부인과 병원의 커다란 하얀색 방, 분만실로 안내되었다. 당신의 진통과 나의 심장 박동이 이루는 콘서트를 기록하기 위한 모니터 감시가 시작되었다. 당신은 아파했다. 신음소리를 내며 산파에게 고통을 토로했으나 산파는 무뚝뚝하게 대꾸했다.

"그러지 말아요. 바보 같은 소리 좀 그만해요. 안 아픈 거예요."

그러면서 산파는 불행하게도 당신에게 너무 바짝 다가섰다.

"아야! 당신 미쳤어요? 아프단 말이에요!" 하고 당신이 소리 질렀다.

"그러지 말아요. 바보 같은 소리 좀 그만해요. 안 아픈 거예요."

그순간 당신은 아주 통쾌하게 산파의 배를 꼬집어 버리고 말았다. 산파는 정말이지 당신의 신경을 건드리는 데 타고난 재주가 있는 듯했다.

신경질이 난 산파는 멀리 있던 의사를 소리쳐 불렀고, 의사는 곧바로 도착했다. 의사는 조용히 하라고 한 뒤, 당신에게 규칙적으로 계속 힘을 주라고 조언했다. 하지만 그건 당신의 모순된 정신 상태를 고려하지 않은 조언이었다.

"정말 이렇게 힘든 거면 난 낳지 않겠어요!"

"낳지 않겠다니요?"

"낳지 않기로 마음 먹었다고요!"

당신의 어조는 매우 단호했다. 누구도 꺾기 힘든 결단이었다. 당신은 더 이상 힘을 주지 않았고 더는 꿈쩍도 하지 않았다. 게다가 가만히 생각해 보니 나 역시 당신의 생각이 그리 나쁘지 않다는 생각이 들었다. 줄무늬가 있는 빌로도로 된 나팔바지와 히피족을 연상시키는 무늬가 그려진 벽지가 판을 치고 있는 이 세상에, 나는 과연 발을 내딛고 싶은 걸까? 아기 기저귀를 매는 안전핀 같은 것으로 볼을 뚫고 닭 벼슬 머리를 한 젊은이들이 'Never mind the bollocks!' 라고 크게 외쳐 대는 이 세상에 말이다. 퐁피두 센터의 녹색, 붉은색, 파란색 배관들을 감상하고, 퍼머 머리 남자 아나운서가 바더 마인호프 갱(1970년대, 많은 납치 사건을 일으킨 독일 갱 집단—옮긴이)에 대해 얘기하는 것을 나는 과연 듣고 싶은 걸까?

곰곰이 생각해 보았다.

답은 그렇다, 였다.

따라서 내가 빠져나갈 수 있도록 당신은 잠들어야 했다. 전신 마취. 겸자로 탈출.

불빛이 너무 강렬해서 나는 눈물이 났다. 사람들은 나를 당신과 잇고 있던 탯줄을 끊었고 나를 씻겨 주었다. 아주 이른 시간인 것 같았다. 새벽 5시 5분 정도. 당신이 눈을 떴을 때, 나는 거기 있었다. 당신의 가슴 위에 놓여 있었다. 엄청난 모험에 넋이 빠져 있었지만 첫 식사를 배불리 먹을 태세로. 나는 내 작은 팔 위에 놓인 매우 부드러운 당신의 손을 느졌다. 당신의 어루만짐을. 기분이 좋았다. 작은 플라스틱 팔찌가 내 손목을 감쌌다. 팔찌 위에는 '여아' 라는 단어와 함께 당신의 이름이 적혀 있었다. 그들에게 내 이름을 알려주지 않았기 때문이었다. 우리 둘만 알고 있었다. 당신이 내 귓가에 속삭였으니까. 우리끼리 은밀히 통하는 첫순간이었다. 그런 순간이 앞으로 많이 있을 것이다……. 그리하여 길고 아름다운 이야기가 될 것이다.

그날은 어느 월요일.

어느 해 10월 10일이었다.

chapter 14

엄
마
의

믹
서

일러스트 **조엘 팔가리** 작가 **프랑신느 토마스**

엄마의 믹서

루와 필로 그리고 다른 아이들은 결코 태어나지 않을 것이다. 그는 아직 태어나지도 않은 우리 아이들을 죽이며 어제 문을 닫고 나갔다. 그는 그 아이들의 아빠여야 했다. 그렇게 나는 미래 계획을 짜 두었다. 그러니까 그이 없이는, 나는 결코 엄마가 될 수 없다.

나는 '우리 귀염둥이', '우리 아가' 같은 말을 속삭여 주는 그런 엄마가 될 수 없을 것이다. 온 가족이 모여 식사를 마치고 디저트로 BN 초코 과자를 먹고 난 뒤 식탁을 치우기 전에, 껴안아 주려고 아이들을 내 무릎 위에 앉히는 일도 없을 것이다. 사춘기 반항기가 시작되어 바보 같은 짓을 한다고 나무라며 따귀를 두 대 때리는 일도 없을 것이다. '부모 출입 금지'라는 푯말을 붙인 아이들 방문을 보고, 있는 대로 화가 나서 문을 마구 열려고 하지도 않을 것이다. 아이들의 대입 시험 결과를 기다리며 극도의 불안감에 시달리지도 않을 것이다. 아이들이 외국에 정착하겠다고 해서 아이들과 함께 비행기를 타는 일도 없을 것이다. 아이들이 공항의 유리창 저편을 지나갈 때 마음이 찢어지는 슬픔을 느끼는 일도 없을 것이다.

나는 결코 엄마가 되지 못할 것이며, 어쩌면 이런 것이 더 나은 건지도 모르겠다. 왜냐하면 마침 전화가 울렸으니까. 그리고 전화를 건 사람은 바로 엄마니까. 나를 세상에 내놓은 작자이자, 프랑스 텔레콤이 부도나지 않게 해 주는 보험과 같은 존재. 엄마는 내가 잘 잤는지 물어보려고, 내가 지난주에 말한 파란 치마를 샀는지 혹은 함께 사는 어린 손자 녀석이 또래 아이들 가운데 가장 총명한 녀석임을 증명하기 위해, 하루에 세 번은 내게 전화를 하고도 남는 분이다. 엄마는 내가 남자친구로부터 이별 통보를 받았다는 사실을 막 전해들은 뒤였다. 전화벨 소리가 오늘처럼 극도의 스트레스를 불러일으킨 적은 한 번도 없었다.

"괜찮은 거야? 먹기는 하는 거니?"

물론이죠, 엄마, 난 안 먹어요. 더 이상 나는 엄마처럼 아이들의 엄마가 될 수 없으니, 자궁의 건강 따위는 생각하지 않고, 먹기 싫은 나의 욕구에 마음껏 따를 수 있는 거라고요.

"잘 먹어야지, 안 그러면 병난다."

물론이죠, 엄마, 난 지금 거의 빈혈 상태예요. 하지만 지금 당장 내가 원하는 게 바로 이 상태라고요. 아스팔트 위에 길게 누워 그냥 죽고 싶어요.

"그리고……, 직장에 전화하렴. 한 번쯤은 결근할 수 있는 거니까."

단순한 나의 엄마. 나는 심지어 이 직장을 완전히 그만둘 수도 있단 말이다. 이 망친 인생을 더 이상 견뎌낼 수 없으니까. 스물다섯의 나이에 벌써 한물 간 존재가 되어 버렸다. 엄마, 어떻게 하면 엄마를 이해시킬 수 있을까. 그렇게 전도유망한 당신의 딸이 자기 자신도 책임지지 못한다는 것을, 이미 그녀는 포기했다는 것을, 실패보다는 차라리 공허한 죽음을 더 원하고 있다는 것을.

"엄마도 알아, 너 힘들다는 거. 그래도 잘 헤어졌어. 너랑 그 친구랑은 오래 갈 수가 없었다고."

나는 수화기를 내려놓았다. 왜 엄마는 늘 내게 입 바른 소리, 쉽게 가슴을 덥히려 드는 그런 말들을 꺼내놓아야 한다는 의무감에 사로잡혀 있는 걸까? 그런 건 나한테 도움이 되질 않는다. 나는 다른 엄마를 원한다. 사랑한다, 라고 말할 줄 아는 엄마. 늑대 같은 남자가 대체 어떤지 궁금해 하는 열여섯 살짜리 딸에게 인생을 설명해 줄 줄 아는 엄마. 내 여자친구들의 부러움을 사는 엄마. 근사한 직업을 가진 엄마. 엘르 잡지에 나오는 근사한 정장 차림의 여성 사업가인 엄마. U2의 노래를 즐겨 듣는 엄마. 혹은 그가 다시 돌아오게 할 수 있는 방법을 알려주는 엄마라든지. 부두교의 주술을 알고 있으며 크리스마스 때는 내게 사랑의 묘약을 선물해 주는 아프리카 엄마도 좋다. 그가 고개를 숙이고 졸렬한 자기 실수를 용서해 달라고 애원하며 내게 돌아올 거라고 커피 찌꺼기로 점을 치는 아르메니아 엄마. 아니면 그에게 아주 심한 벌을 주라고 내게 채찍과 못을 빌려 주는 사도 – 마조히스트 엄마면 좋겠다.

하지만 이 모든 것 대신 우리 엄마는 내게 전화를 했다. 파리의 리용역. 며칠 동안 내 곁에 있어 주겠다고 온 것이다. "사기를 북돋아 주려고!"라고 엄마가 말했다. 엄마는 집과 손자들, 바바라 앨범, 알렝 수숑의 앨범을 내버려둔 채 스튜어디스들이 들고 다니는 바퀴 달린 가방을 들고 E번 홈에 도착했다. 엄마는 새 립스틱을 바르고, 품에는 커다란 꾸러미를 안은 채 연민 어린 표정을 하고 있었다.

"네가 좋아할 선물이야." 하고 엄마가 말했다.

이야! 내 소원이 이루어졌다. 분명히 까마귀 발과 생쥐 꼬리가 들어 있는 마술 세트 같은 것임에 틀림없다. 발정이 나서 어느 남아메리카 미녀와의 새로운 모험을 위해 떠난 남자의 눈에서 콩깍지를 떼어 줄 수 있는 마술 세트 말이다. 나는 성급히 무지갯빛의 근사한 선물 포장지를 뜯어 기차역의 홀 안에 내던졌다.

엄마의 선물은 믹서였다. 한창 실존주의적인 전망의 위기에 빠져 있는 딸한테 가정기기를 선물하다니. 완전히 4차원의 세계로 떨어져 버린 듯한 느낌이 들었다.

"내 것과 똑같은 거야."

엄마는 마치 꼭 상세히 설명해야만 한다는 의무감에 사로잡힌 듯하다. 이 같은 세부 사항이 엄마에게는 매우 중요한 것이었다. 나한테는 무의미한 헤아릴 수 없는 가치를 이 선물에 부여해야만 하는 듯이. 아마 이 믹서를 단순히 빻고 찢기 혹은 소멸의 메타포로만 봐야 할지도 모른다. 그렇다면 이 근사한 기계가 가정을 꿈꿨던 내 희망과의 작별을 도와주게 될 것이다.

"네가 좋아하는 리예뜨(돼지나 거위 등의 재료를 잘게 다져 만든 프랑스 요리—옮긴이) 만들라고 사 온 거야." 하고 엄마가 말을 매듭지었다.

이제 최종 판결을 내릴 수 있었다. 엄마에게는 단순히 인간적인 감정이 없을 뿐이다. 나는 이제 체념하고 유충처럼 맥없는 삶을 살아가기로 결정했고, 엄마가 제시한 해결책은 연어와 참치로 만든 리예뜨였다. 어쨌거나 나는 리예뜨를 좋아한다. 온 가족이 모여 가족 별장에서 식사를 할 때마다 나는 소화 불량이 되도록 리예뜨를 먹는다. 리예뜨를 먹었다 하면 내 배는 거의 과포화 상태에 이른다. 얼마나 많이 먹었는지 내 넓적다리로 그 동글동글한 셀룰라이트가 단단히 달라붙어 있는 듯한 느낌마저 든다. 하지만 그런 건 상관없다. 내게 리예뜨는 프루스트의 마들렌 과자와 같은 거니까.

잠깐만이라도 관대해지고 싶다. 그리고 그런 엄마의 제스처에서 선의를 찾아보고 싶다. 비록 당장의 내 관심사와는 너무도 동떨어진 선물이지만, 나는 다른 여행객들이 지나가는 역 한가운데에 전투용 도끼를 묻어 버리고 엄마한테 소란을 피우지 않기로 결심했다. 그리고 엄마를 집으로 모셔와 가로 2미터에 세로 1미터 50센티미터 되는 부엌에서 엄마가 하고 싶어하는 대로 하게 내버려두었다.

그날 저녁 메뉴는 뻔했다. 우리는 온갖 종류의 리예뜨를 맛볼 것이었다. 왜 음식을 꼭 먹어야 하는지에 대한 지루한 잔소리를 듣지 않기 위해 나는 그 소중한 요리를 티스푼으로 떠서 조금씩 꿀꺽꿀꺽 삼키기로 했다. 엄마는 나를 은근히 지켜보고 있었다. 내 상황을 진정시킬 수 있는 게 무엇인지 안다는 확신에 찬 시선이었다. 어떤 일이 일어날지를 완벽하게 알고 있는 듯했다. 엄마가 만든 마법의 약이 효력을 발휘할 거라고 이미 확신하고 있었다.

정말이지 일주일 만에 처음 먹는 음식이었다. 나의 미각이, 그 무엇과도 비교할 수 없는 이 맛, 모녀를 이어 주는 사랑을 너무나 잘 나타내는 이 맛을 인식한 순간 내 얼굴에는 미소까지 피어났다. 그리고 결국 더 먹고야 말았다. 나는 나를 낳아 주신 어머니의 리예뜨 노하우에 감탄하며 시름을 잊고 명랑해지기로 마음먹었다. 왜냐하면 세상의 어느 누구도 이 순간 엄마처럼 내게 용기를 북돋아 주지 못할 테니까. 우리 엄마만이 유일하게 믹서가 치유의 열쇠라는 것을 알고 있다. 마치 믹서는 엄마의 연어 리예뜨와 함께, 그 없이도 삶은 지속된다는 것을 내게 알려주는 것 같았다.

작가 소개

1. 사라진 여인

일러스트 : 쥘리 르네르(Julie Rener) 브뤼셀에 정착하여 살고 있으며, 카페테라스에 앉아 사람들을 관찰하는 것을 좋아한다. 아이들에게 조형 예술과 미술을 가르치고, 보자르 아카데미에서 모델 활동을 하고 있다. 시간이 흘러가는 대로 살며, 마음에 드는 일을 하기 위해 노력한다.

글 : 소피 위베르 - 오제르(Sophie Hubert - Auger) 이미 두 편의 소설을 쓴 아마추어 소설가로, 기업 내에서 심리 상담가로 일하고 있다. 틈틈이 브르고뉴에 있는 집의 정원을 가꾸거나 요리를 하며, 미술 작품 감상과 수영을 즐긴다. 도서 수집광으로, 여자친구 두 명과 함께 동시대 도서 애호가 협회를 만들기도 했다.

2. 엄마를 만나러 가는 길

일러스트 : 소피 마루비(Sophie Marouby) 중학교 때 친구들과 선생님들을 즐겁게 해 주기 위해 만화를 그렸다. 어느 잡지에 작품이 실리기도 했으며, 2년 전 아르-데코 에꼴에 입학한 뒤로 여러 가지 텍스트와 시를 쓰고 만화를 그린다. 만화가와 문학가를 좋아하며, 영화 · 전시회 · 음악 · 여행을 즐긴다.

글 : 엘리즈 카르드(Élise Carde) 두 딸의 엄마이면서 시청각 매체의 기자. 첫 탐방 기사는 벌레 '이'에 관한 것이었다. 영화 · 글쓰기 · 보르도를 좋아한다. 사랑과 비현실적인 약속을 이야기하는 이 단편 속에 어머니에 대한 존중의 마음을 담았다.

3. 아델의 기억

일러스트 : 폴린느 코미(Pauline Comis) 데코레이터, 그래픽 아티스트 그리고 문자 디자이너 학위까지 받았다. 현재는 에꼴 에스띠엔느에 재학 중이며, 앞으로 아동서 출판계에서 일하고 싶어한다. 자연을 사랑

하며 승마를 매우 좋아한다.

글 : 나딘느 크로그넥 - 갈랑(Nadine Groguennec - Galland) 러시아와 뮌헨에서 머문 적이 있고, 현재 비프랑스어권 학생들에게 문학을 가르치고 있다. 각 나라의 깃털 만년필과 수첩을 수집하며, 그 수첩에 아이들을 위한 이야기를 쓴다. 그녀가 가장 좋아하는 것은, 눈과, 독일 시와, 도스토예프스키, 식탁에서 느낄 수 있는 즐거움, 켈트 족의 전설이다.

4. 어느 봄날 오후

일러스트 : 오드 파르망티에(Aude Parmentier) 예술사를 공부한 뒤 혼자 그림 공부를 하고 있다. 박물관이나 미술관, 여행 등 자신을 둘러싼 모든 것에서 영감을 얻는다. 아동 그림책 일러스트 작가를 꿈꾸고 있으며, 종종 갖가지 의미들이 가득 차 있는 일상의 것들, 사탕의 세계, 꼭두각시 인형, 그리고 통통한 늑대들과 혈색 좋은 뺨을 한 미라를 좋아한다!

글 : 이자벨 가르지아노(Isabelle Garziano) 이탈리아 시칠리아 태생과 프랑스 아르데슈 태생의 이종교배의 결실로, 여덟 살부터 시를 쓰기 시작했다. 시는 어머니에게서 물려받은 열정이다. 역사 — 지리학을 가르치는 일에서부터 문학 축제, 연극, 미용실, 조부모님의 농장 일 등 다방면에서 수많은 재능을 보이며 성공한 비밀은 늘 어린 시절의 마음을 그대로 간직하고 살기 때문이다.

5. 아무 말도 하지 않는다면

일러스트 : 바르바라 우아레(Barbara Houalet) 여덟 살부터 조형 예술 수업을 받기 시작하여 대학에서도 같은 공부를 계속했다. 현재는 도시 환경 등의 교육을 맡고 있는 협회들을 통괄하고 있으며, 각종 캠페인 소책자와 교육 교재의 그래픽 디자인을 맡고 있다.

글 : 나탈리 구이에 - 쥘베르(Nathalie Gouyé - Guilbert) 다섯 살 때 첫 번째 소설을 썼다. 열두 살 때 아가타 그리스티의 작품에 매료되어 추리 소설과 영국 소설 번역가가 되기로 마음먹었다. 영화와 농촌, 여행을 좋아하며, 서랍 속에 자잘한 단편 소설들이 굴러다니게 내버려두고 있는 전도 유망한 신예 작가이다.

6. 엄마, 고마워요

일러스트 : 글로리아(Gloria) 파리에 거주하며 출판과 언론 기관, 광고 관련 일을 한다. 그녀는 자기 일을 매우 좋아한다. 어머니 한 분에 아들이 셋 있는데, 어머니 셋에 아들 하나가 아닌 게 다행이라고 생각한다.

글 : 마리 우르카스타뉴(Marie Hourcastagnou) 희극 배우이자 전화 교환원으로, 영화와 자극적인 탐정 소설, 음악을 무척 좋아한다. 여자친구들과 함께 하는 쇼핑이나 춤, 할머니가 만들어 주시는 프랑스식 흑순대 요리, 모리스 섬을 좋아한다. 시나리오와 여성 잡지의 시평을 쓰고자 하며, 톰 웨이츠(Tom Waits)와 조슈 옴(Josh Homme) 혹은 제레미 키슬링(Jeremie Kisling)과 듀엣으로 노래할 날을 꿈꾼다.

7. 보르네오의 마리

일러스트 : 문소정 화가. 파리에서 보자르를 공부한 뒤 서울에 거주하고 있으며, 앞으로 한국과 프랑스를 오가며 일할 생각이다. 사진과 영화에도 관심이 크며, 바느질과 수영 그리고 '씨클로'가 취미이다.

글 : 세실 이자르(Cécil Izard) 문제 있는 학생들을 가르치는 선생님이다. 다섯 아이의 엄마로서, 아이들을 키우는 외의 시간에는 글을 쓰고 있다. 아비뇽 축제와 정원 가꾸기를 좋아한다.

8. 킬트 차림의 엄마

일러스트 : 아스트리드 코르네(Astrid Cornet) 아주 어렸을 때부터 그림을 그렸다. 아동과 청소년 정기 간행물에 만화를 그리고 있으며, 현재는 여성의 세계에 폭 빠져 있다. 여행과 단순한 즐거움, 자조(自嘲)를 좋아하는 그녀의 취향은, 그녀로 하여금 여성─엄마가 됐든 딸이 됐든, 그녀들의 장점과 단점에 대해─에 대한 별나면서도 통찰력 있는 시각을 갖게 해 주었다.

글 : 프랑수와즈 쾨포프티(François Keupofti) 경제 정기 간행물 기자로, 현대 만화와 프랑스 노래를 좋아한다. 수년의 세월이 흐르면서 반복되는 일상 속의 이야기들을 잘 보관하고 약간의 거짓말과 변형을 가미하여, 자기 선조들에 관한 이야기를 쓸 계획이다.

9. 소녀의 성(城)

일러스트 : 로렌느 나바로(Laurène Navarro) 그래픽 디자이너도, 일러스트레이터도 아닌 의학도로, 현재 보르도에서 공부하고 있다. 취미는 요리와 춤이며, 159.5센티미터의 키로 핸드볼을 즐긴다.

글 : 비르지니 미쉘(Virginie Michel) 실제 그녀는 마흔세 살로, 두 아이와 남편이 있다. 6~7년 전부터 쓸 수 있는 틈만 나면 글을 쓴다. 디자이너 겸 무대 설계가 곁에서 제작 어시스턴트로 일하고 있다. 자기 생각대로 세상을 다시 만들고 싶어하지만 행동이 느리고 수줍음이 많아서 시간이 제법 걸릴 듯하다. 그 증거로, 이번 단편집이 그녀 작품의 첫 출간이다.

10. 3세대

일러스트 : 나탈리 폴리아끄(Nathalie Paulihac) 파리의 에꼴 불(Ecole Boulle : 실내 건축 전문 응용 미술 학교─옮긴이)에서 공부한 뒤, 캐나다 몬트리올에서 그래픽 공부를 계속하며 일러스트의 세계를 알게 되었다. 이어 벨기에의 브뤼셀 보자르 왕립 아카데미에서 공부했다. 현재는 브뤼셀에 정착하여 일러스트와 애니메이션 분야에서 일을 하고 있다.

글 : 실비 무아장(Sylvie Moisant) 이미 수많은 단편과 한 편의 희곡을 쓴 바 있다. 자기 자신을 위한 많은 글을 쓰면서 대중적인 작가로 자리잡아 혼자만의 고독과 다 같이 살아가는 공생을 접목시키고자 한다. 삶의 가치를 아는 까닭에, 이 단편 속에 여성들을 위한 낙관주의 교훈을 싣고자 했다.

11. 원초적 본능

일러스트 : 아망딘느 지로도(Amandine Giraudo) 아르-데코 학교의 학생으로, 여성 잡지의 일러스트레이터가 되거나, 패션이나 출판계에서 고급스런 이미지 작업을 하고 싶어한다. 유머를 좋아하고 배꼽이 빠져라 웃기를 좋아하여 적어도 하루에 한번은 웃는 일을 만든다. 그런가 하면 과자 만들기와 마음대로 글씨 쓰거나 그림 그리기, 산책 그리고 장밋빛을 좋아한다.

글 : 레샤나 움(Réchana Oum) 희곡을 공부한 배우로서 연극 애호가들에게 희곡 수업을 하고 있으며, 고

전극 관람을 즐긴다. 청소년용 잡지에 기사를 쓰고 있으며, 소설 한 편을 쓰기 시작했다.

12. 미소 속의 시선

일러스트 : 리즈 밧살르(Lise Batsalle) 그래픽 디자이너로서, 자기를 웃게 만들거나 혹은 그렇지 않았던 일상의 순간들을 그림 속에 담고 싶어한다. 그녀는 엄마를 미친 듯이 좋아하며, 큰 자동차, 다툼, 거만한 사람들, 코카콜라 라이트 그리고 디저트 없는 식사는 미칠 듯이 싫어한다.

글 : 엘리자베쓰 핀토(Élisabeth Pinto) 심리 소설 애독자로, 안젤라 허스(Angela Huth)와 슈테판 츠바이크(Stefan Zweig)를 좋아한다. 막내아이를 임신하면서 시를 쓰기 시작했고, 1년 전부터는 단편 소설을 쓰기 시작했다. 그녀에게 글쓰기는 직장인 은행과 숫자들을 벗어나 다른 세상을 누빌 수 있게 해 주는 탈출구와 같다.

13. 어느 해 10월 10일

일러스트 : 알렉상드라 뤼쉬(Alexandra Luchie) 스물다섯 살로, 브뤼셀에 살고 있다. 아카데미 데 보자르(Academie des Beaux-Arts)를 갓 졸업하고, 일러스트와 만화, 애니메이션 가운데 어떤 일을 할지 망설이고 있다. 춤과 음악과 글쓰기를 좋아하며, 특히 서커스와 마술쇼의 공연 분위기를 좋아한다!

글 : 오렐리 세르파티 - 베르코프(Aurélie Serfaty - Bercoff) 연극 애호가로서, 홍보 담당이라는 마음에 드는 직업을 갖고 있다. 열여섯 살부터 글을 쓴 만큼 이번 공모전은 다른 사람의 시각을 마주할 수 있는 기회였다. 카프카의 모든 작품을 읽었으며, 동시대 무용과 특히 체코의 프라하를 비롯한 동유럽 국가를 좋아한다.

14. 엄마의 믹서

일러스트 : 조엘 팔가리(Joëlle Falgari) 에꼴 불(Ecole Boulle)에서 응용 예술을 몇 년 동안 공부한 뒤, 파리와 위제스를 오가며 일러스트와 건축, 회화의 세계를 누비고 있다. 고향인 프로방스 지방에서 그림과 사진을 전시한 적이 있다. 일러스트레이션은 그녀에게 재료와 색깔, 가공의 인물들로 가득 찬 세계로의 탈출구이다.

글 : 프랑신느 토마스(Francine Thomas) 일요일 저녁마다 자동차 운전자들에게 막히는 도로 상황을 쭉 읽어 주는 라디오 교통 방송 기자. 저녁이 되면 피아니스트인 친구와 함께 자신이 쓴 시나리오로 〈살아 있는 물개들 - 동물 카바레〉라는 이름의 공연을 한다. 극예술 연기 전문학교인 꾸르 플로랑(Cours Florent)에서 수업을 듣기도 한다.